# 声に出して読みたい古事記

齋藤 孝



草思社文庫

## 日本語のふるさと『古事記』

ひさしく教科書から姿を消していた『古事記《こじき》』の神話が近年になって復活してきています。「稲羽《いなば》の素兎《しろうさぎ》」（因幡の白兎）や「八俣《やまた》の大蛇《おろち》」（ヤマタノオロチ）などがふたたび教科書にも採用されるようになっています。その背景には何があるのでしょうか。

戦前の教育をうけた人たちが学校においても家庭においても教育をしていた時代は、日本人であることの存在証明が自然に継承されていましたが、敗戦後、神話に対するアレルギー、とくに国家神道との結びつきを懸念《けねん》する人々がいたために、それがむずかしくなった時期がありました。

しかし近年、『古事記』の口語訳がベストセラーになったり、神社をお参りしたいという若い人が増えているのは、どこかで自分たち日本人の精神の源《みなもと》にふれたいという気持ちがあるからだと思います。「日本人とは何か」、それを考えるうえで、日本神話は大きなよりどころとなります。神話を上手に活用することで、現在を生きる私たちのエネルギーにすることができるのです。

慣れ親しんでいる口語とは異なり、原文（読み下し文）には古代日本語の持つ力強さがあります。『古事記』を書かれた時代の読み方（実際にはどのように読まれていたか正確にはわからない）で声に出して読むことで、心が不思議と豊かになります。目で追っているだけでは得られない、文章に「息」が吹きこまれ、生き生きとした言葉の世界が広がります。古くから日本人は暗誦《あんしょう》や音読に慣れ親しんできましたが、その元祖と言えるのが、口述をもとに編まれた『古事記』です。

正式な中国語としても通用する要素を持つ『日本書紀《にほんしょき》』と異なり、『古事記』は多くが日本古来の大和《やまと》ことば（和語）に漢字を当てはめて記されています。漢字は中国からの輸入品で文字自体にあまり意味はなく、発音を表すために使われていります。しかし、意味がないと思われがちな『古事記』の漢字表記にも、ひらがなやカタカナといった日本独自の文字ができる以前の言葉の活き活きとした律動《りつどう》を感じることができます。

たとえばヤマタノオロチの「チ」。「血」や「乳」にも通じる音《おん》で、「チ」という響きそのものが霊的な力を持つ音と考えられます。「チ」の音に「霊」の字が当てられたこともあります。この「チ」が「オ」と結びついた「オロチ」は、「尾に霊力を持つもの」というふうに想像することができます。このように、力を持つ音どうしがつなぎ合わさり、まとまりとして単語ができていったのではないでしょうか。『古事記』を音読することで、一音一音から日本人の持つ本来の力を感じることができます。『古事記』の成立以前からの感覚が一音一音に埋めこまれ、声に出すことで当時の人々の五感までがよみがえってくる感じがします。

大和ことばになじみがなくても、話の筋がわかっていると、音読もしやすく、情景が浮かんでくるものです。話の筋を知っている方は読み下し文を声に出して読んでみてください。それぞれに現代語訳を付けましたので、それをざっと読んで筋を頭に入れてから読み下し文を読んでいただいてもかまいません。

読むときのコツは「唄《うた》うように読む」ことです。そもそも『古事記』の成立は「語り」にありました。謎の人物稗田阿礼《ひえだのあれ》が誦習《しょうしゅう》（口に出して繰り返し読むこと）して身体に埋めこまれて語られたものが、太安萬侶《おおのやすまろ》によって漢字で表記（左頁の原典は天照大御神《アマテラスオホミカミ》の天《あめ》の岩屋戸《いわやと》隠れの一場面）されたわけですから、語る人物の身体性がその背景にあります。ですから、「語られた物語」であることを意識して、頭で理解するより先に、からだで感じながら読んでみる。それに慣れてきたら、自分でリズムをつけ、すこし唄うように読み進めていくと、もっと感情がこもってきます。

『古事記』は日本語本来の力が生きているので、「声に出して読む」ことで言葉の力を感じることができ、古代人の感覚、世界観をより深く楽しむことができるでしょう。『古事記』を読むことでやすらぎを覚えたり心が躍るのは、古代人の心が現代の日本人の中に今も生きづいているからです。『古事記』から日本語のふるさとを訪ねて古代人の心に近づいていけることは、とても魅力的なことです。

なお、『古事記』は大部《たいぶ》なので、比較的知られた部分を中心に読み下し文を抜粋して現代語訳を付し、抜粋した部分以外は、ところどころあらすじを簡略につけました（8〜10頁の見本を参照）。漢字の表記や読み方は諸説あるものが多く、本書で採用した表記・読み方以外のものもあります。ご了承ください。

著者

天手力男神隠立戸掖而天宇受賣命手次繫天香山之天之日影而為縵天之真折
而手草結天香山之小竹葉而於天之石屋戸伏汙氣而蹈登杼呂許志為神懸而掛
出胷乳裳緒忍垂於番登也尒高天原動而八百万神共咲於是天照大御神以為恠
細開天石屋戸而内告者因吾隠坐而以為天原自闇亦葦原中國皆闇矣何由以天
宇受賣者為樂亦八百万神諸咲尒天宇受賣白言益汝命而貴神坐故歓喜咲樂如
此言之間天兒屋命布刀玉命指出其鏡示奉天照大御神之時天照大御神逾思奇
而稍自戸出而臨坐之時其所隠立之手力男神取其御手引出即布刀玉命以尻久
米縄控度其御後方白言従此以内不得還入故天照大御神出坐之時高天原及葦
原中國自得照明

（読み下し文→67頁の一行目～69頁の後ろから三行目を参照）

# 【本書の見方】



独り身の神々の誕生

## 1 みな独神《ひとりがみ》と成《な》り坐《ま》して、身《み》を隠《かく》したまふ

天地《あめつち》初《はじ》めて発《ひら》くる時《とき》に、高天原《たかまのはら》に成《な》りませる神《かみ》の名《な》は、天之御中主神《アメノミナカヌシノカミ》。次《つぎ》に高御産巣日神《タカミムスヒノカミ》。次《つぎ》に神産巣日神《カムムスヒノカミ》。この三柱《みはしら》の神《かみ》は、みな独神《ひとりがみ》と成《な》り坐《ま》して、身《み》を隠《かく》したまふ。

次《つぎ》に国稚《くにわか》く、浮《う》ける脂《あぶら》の如《ごと》くしてくらげなすただよへる時《とき》に、葦牙《あしかび》の如《ごと》く萌《も》え騰《あが》る物《もの》に因《よ》りて成《な》りませる神《かみ》の名《な》は、宇摩志阿斯訶備比古遅神《ウマシアシカビヒコヂノカミ》。次《つぎ》に天之常立神《アメノトコタチノカミ》。この二柱《ふたはしら》の神《かみ》も、みな独神《ひとりがみ》と成《な》り坐《ま》して、身《み》を隠《かく》したまふ。

上《かみ》の件《くだり》、五柱《いつはしら》の神《かみ》は別天《ことあま》つ神《かみ》。



宇宙の初め、天《あめ》（天上）と地《つち》（地上）が初めて分かれたときに、高天《たかま》の原《はら》（「たかまがはら」とも）と呼ばれる天上の世界に、三柱《みはしら》の神が次々と現れた。アメノミナカヌシ、タカミムスヒ、カムムスヒである。この三柱の神はいずれも男でも女でもない独《ひと》り身の神で、その姿形を顕《あき》らかにすることはなかった。

その次に、地上の世界がまだ海に浮かぶ脂《あぶら》のようで、あたかもクラゲが漂うように頼りないものであったとき、水辺の葦《あし》の芽がいっせいに萌《も》えいずるように現れたのは、ウマシアシカビヒコヂ、アメノトコタチだった。この二柱《ふたはしら》の神もまた、男でも女でもない独り身の神で、その姿を見せることはなかった。

この五柱《いつはしら》の神（21頁の図を参照）はみな、地上に成った神とは別の神で、別《こと》天《あま》つ神（特別な天《あま》つ神）と呼ばれている。

見出し

引用文（読み下し文）

現代語訳

イザナキとイザナミが初めてつくった国土が淤能碁呂島《おのごろしま》。

ふたりはここに天降《あまくだ》って、御柱《みはしら》を中心に八尋殿《やひろどの》という立派な宮殿を建て、国を生むことにします。この「国生み」の儀式が物語的で、じつに面白い。

御柱をそれぞれ反対からまわって出会ったとき、女性であるイザナミが先に声をかけたために、不完全な子しか生まれなかった。

子どものできがよくないから流してしまうというのは、人権無視の発想といえなくもありませんが、ここでは「男が先に言え」という男性優位の原理が強調されています。

のちにアマテラスオホミカミ（天照大御神）が登場して女性中心になります。この男性原理と女性原理のせめぎ合いも『古事記』の見どころの一つです。

さて、ふたりは天つ神の指示を仰いで、柱まわりをやり直し、今度はイザナキが先に声をかけます。

このあとふたりは、淡路島をはじめ八人の丈夫な子しも、八つの島を生みます。これが大八嶋国《おおやしまぐに》です。日本列島のことを大八嶋国というのもこれによるわけですが、上の地図を見るとわかるように、実際には西日本にかたよっています。





イザナキとイザナミが生みだした大八嶋国《おおやしまぐに》

東北など本州全体が意識されているのではなく、九州（筑紫嶋）や壱岐島、対馬、隠岐島、淡路島、四国（伊予之二名嶋）、佐渡島を中心に世界が構築されています。西日本の島々が舞台として重要だったことがわかります。

もう一つ面白いのは、

**解説**
各項目（各見出し）ごとに、末尾に解説を付した。

次《つぎ》に建速須佐之男命《タケハヤスサノヲノミコト》に詔《の》りたまはく、「汝《な》が命《みこと》は海原《うなはら》を知《し》らせ」と、事依《ことよ》さしたまふ。

このときイザナキは大いに喜んで、「黄泉の穢れを払い清める禊ぎをして、つぎつぎにたくさんの子をもうけたが、禊ぎの最後に、特別に貴い三柱《みはしら》の神を得ることができた」と言った。

そこでさっそく、首飾りの珠《たま》を美しく鳴り響かせながらはずして、アマテラスに授け、「おまえは私にかわって高天の原（天上世界）を治めよ」と命じた。仕事を任せたしるしに、その首飾りを賜《たまわ》った。

そこでこの首飾りの名をミクラタナノカミ（「倉の棚に安置する神」の意）と言う。

ツクヨミには「私にかわって夜の世界を治めよ」と命じて仕事を任せた。

タケハヤスサノヲ（スサノヲ）には「海原《うなはら》を治めよ」と命じて仕事を任せた。

ところが海原の統治を命じられたスサノヲは国を治めようとせず、泣いてばかりいたため、涙に水分を取られ、山は枯れ、海は干上がり、地上にはわざわいが満ちた。

故《かれ》伊耶那岐大御神《イザナキノオホミカミ》、（建《タケ》）速須佐之男命《ハヤスサノヲノミコト》に詔《の》りたまはく、「何《なに》に由《よ》りて汝《な》は事依《ことよ》させる国《くに》を治《し》らずて、哭《な》きいさちる」とのりたまふ。尓《しか》して答《こた》へ白《まお》さく、「僕《やつかれ》は妣《はは》の国根之堅州国《くにねのかたすくに》に罷《まか》らむと欲《おも》ふ。故哭《かれな》く」とまをしたまふ。

尓《しか》して伊耶那岐大御神《イザナキノオホミカミ》、いたく忿怒《いか》り詔《の》りたまはく、「然《しか》あらば、汝《な》はこの国《くに》にな住《す》むべくあらず」とのりたまひ、神《かむ》やらひに



あらすじ
読み下し文を引用しなかった部分は、ところどころあらすじを付した。

# 声に出して読みたい古事記——目次

# 声に出して読みたい古事記

（序文）乾坤《あめつち》初《はじ》めて分《わ》かれて参神《みはしらのかみ》造化《あめ》の首《はじめ》と作《な》り

臣安萬侶《やつかれやすまろ》言《まお》す。夫《そ》れ混元《まろかれたるもの》既《すで》に凝《こ》りて、気象《いきかたち》未《いま》だ効《あらわ》れず、名《な》も無《な》く為《わざ》も無《な》く、誰《たれ》かその形《かたち》を知《し》らむ。然《しか》れども乾坤《あめつち》初《はじ》めて分《わ》かれて参神《みはしらのかみ》造化《あめ》の首《はじめ》と作《な》り、陰陽《めお》斯《ここ》に開《ひら》けて、二霊《ふたはしらのかみ》羣品《よろず》の祖《おや》と為《な》れり。

所以《このゆえ》に幽《よもつくに》と顕《うつしくに》に出《い》で入《い》り、日《ひのかみ》と月《つきのかみ》、目《め》を洗《あら》ふに彰《あらわ》れ、海水《うしお》に浮《う》き沈《しず》みて神《あまつかみ》と祇《くにつかみ》、身《み》を滌《すす》くに呈《あらわ》る。故《かれ》、太素《はじめのかたち》は杳冥《ほのか》なれども本《もと》つ教《おし》へに因《よ》りて土《くに》を孕《はら》み嶋《しま》を産《う》みし時《とき》を識《し》り、元始《あめつちのはじめ》は綿邈《とお》けれども先《さき》の聖《ひじり》に頼《よ》りて神《かみ》を生《う》み人《ひと》を立《た》てし世《よ》を察《し》れり。

## 現代語訳

臣《やつかれ》（太《おおの》）安萬侶《やすまろ》が申しあげます。宇宙の初めに、渾沌《こんとん》とした根元《こんげん》（始めの気）がすでに凝《こ》りかたまっても、生命力も形も現れなかったころのことは、名づけようがなく働きもなく、誰がその形を知りえようか。しかし、天と地が初めて分かれると、三人の神（アメノミナカヌシ、タカミムスヒ、カムムスヒ）が万物創造の初めとなり、陰と陽の二つの気に分かれると、二神（イザナキ、イザナミ）が万物創造の祖《おや》となった。

そして、イザナキが亡き妻イザナミを慕って黄泉国《よみのくに》を訪れてこの国にもどり、禊《みそ》ぎをして目を洗うときに、日の神（アマテラスオホミカミ）と月の神（ツクヨミノミコト）が現れ、海水に浮かび沈みして身を洗うときに、天上と地上に多くの神々が出現した。このように世界の始まりはおぼろげだが、語り伝えによって、国土を孕《はら》み、島々を生んだときのことを知る。また元始の様子ははるかに遠いけれども、古代の賢人のおかげで、神々を生み人間を生みだした世のことを知る。

## 『古事記』に描かれた世界観

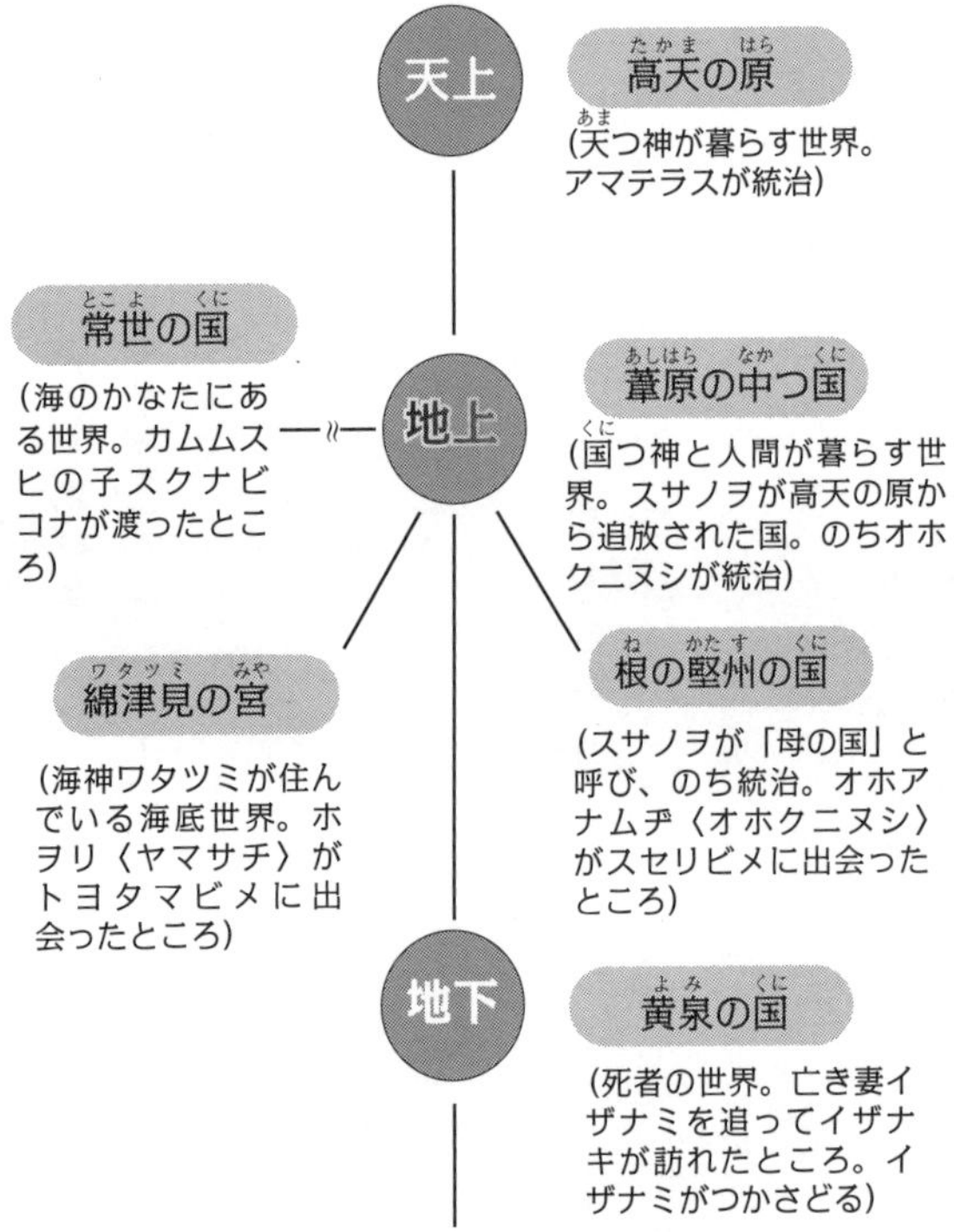
天上
高天《たかま》の原《はら》
(天《あま》つ神が暮らす世界。アマテラスが統治)
常世《とこよ》の国《くに》
(海のかなたにある世界。カムムスヒの子スクナビコナが渡ったところ)
地上
葦原《あしはら》の中《なか》つ国《くに》
(国《くに》つ神と人間が暮らす世界。スサノヲが高天の原から追放された国。のちオホクニヌシが統治)
綿津見《ワタツミ》の宮《みや》
(海神ワタツミが住んでいる海底世界。ホヲリ〈ヤマサチ〉がトヨタマビメに出会ったところ)
根《ね》の堅州《かたす》の国《くに》
(スサノヲが「母の国」と呼び、のち統治。オホアナムヂ〈オホクニヌシ〉がスセリビメに出会ったところ)
地下
黄泉《よみ》の国《くに》
(死者の世界。亡き妻イザナミを追ってイザナキが訪れたところ。イザナミがつかさどる)

天地の始めに現れた別天《ことあま》つ神 (→次頁)

**高天《たかま》の原《はら》になりでた三柱《みはしら》**

① 天之御中主神《アメノミナカヌシノカミ》

(「高天の原の中心」にいます神)

↓

② 高御産巣日神《タカミムスヒノカミ》

(天上界の創造神→政治的な神
→天皇の系譜へ)

↓

③ 神産巣日神《カムムスヒノカミ》

(地上界の創造神→穀物の神
→出雲の守り神へ)

↓

**地上に葦《あし》の芽《も》のように萌えでた二柱《ふたはしら》**

↓

④ 宇摩志阿斯訶備比古遅神《ウマシアシカビヒコヂノカミ》

(生物に命を吹きこむ神→人間の祖先神)

↓

⑤ 天之常立神《アメノトコタチノカミ》

(天上界の永久を守る神)

# 1 みな独神《ひとりがみ》と成《な》り坐《ま》して、身《み》を隠《かく》したまふ

独り身の神々の誕生

天地《あめつち》初《はじ》めて発《ひら》くる時《とき》に、高天原《たかまのはら》に成《な》りませる神《かみ》の名《みな》は、天之御中主神《アメノミナカヌシノカミ》。次《つぎ》に高御産巣日神《タカミムスヒノカミ》。次《つぎ》に神産巣日神《カムムスヒノカミ》。この三柱《みはしら》の神《かみ》は、みな独神《ひとりがみ》と成《な》り坐《ま》して、身《み》を隠《かく》したまふ。

次《つぎ》に国稚《くにわか》く、浮《う》ける脂《あぶら》の如《ごと》くしてくらげなすただよへる時《とき》に、葦牙《あしかび》の如《ごと》く萌《も》え騰《あが》る物《もの》に因《よ》りて成《な》りませる神《かみ》の名《みな》は、宇摩志阿斯訶備比古遅神《ウマシアシカビヒコヂノカミ》。次《つぎ》に天之常立神《アメノトコタチノカミ》。この二柱《ふたはしら》の神《かみ》も、み

な独神《ひとりがみ》と成《な》り坐《ま》して、身《み》を隠《かく》したまふ。
上《かみ》の件《くだり》、五柱《いつはしら》の神《かみ》は別天《ことあま》つ神《かみ》。

---

宇宙の初め、天《あめ》（天上）と地《つち》（地上）が初めて分かれたときに、高天《たかま》の原《はら》（「たかまがはら」とも）と呼ばれる天上の世界に、三柱《みはしら》の神が次々と現れた。アメノミナカヌシ、タカミムスヒ、カムムスヒである。この三柱の神はいずれも男でも女でもない独《ひと》り身の神で、その姿形を顕《あき》らかにすることはなかった。

その次に、地上の世界がまだ海に浮かぶ脂《あぶら》のようで、あたかもクラゲが漂うように頼りないものであったとき、水辺の葦《あし》の芽がいっせいに萌《も》えいずるように現れたのは、ウマシアシカビヒコヂ、アメノトコタチだった。この二柱《ふたはしら》の神もまた、男でも女でもない独り身の神で、その姿を見せることはなかった。

この五柱《いつはしら》の神（21頁の図を参照）はみな、地上に成った神とは別の神で、別《こと》天《あま》つ神（特別な天《あま》つ神）と呼ばれている。

『古事記』では、天《あめ》（天上）と地《つち》（地上）が初めて現れたときに、天上にある高天の原《たかまのはら》に三つの柱（神）が現れ、つづいて、地上がまだクラゲのように漂っているときに二つの柱が現れます。「柱」は神々を数えるときの単位です。

この五つの神は性別のない「独《ひと》り神」で、天地の始まりとともに現れては消えたこの神々を、天の神のなかでも特別な存在として「別天《ことあま》つ神」と呼んでいます（21頁の図を参照）。

そして、26頁の図にあるように、「別天つ神」につづいてさらに二柱の独り神が生まれ、そのあとに五組・十柱の男女の性をもつ神々が誕生します。

日本では、八百万《やおよろず》の神を古くから信仰していました。木には木の神が、水には水の神が、山には山の神がというふうに、さまざまなものに「精霊《せいれい》」が宿り、信仰の対象とされています。アイヌ民族の世界観でも、動植物や自然現象などあらゆるものにカムイ（アイヌ語で神格を有する高位の霊的存在）が宿っているとされています。

末広がりの「八」は最高の神聖な数とされ、その百万倍が「八百万」です。すべてのものに神が宿るというアニミズム的な考え方は今の私たち日本人の心にもフィットします。

ところが、『古事記』の世界では、あちこちに神々がいましたという展開ではなく、この神がいて、次にこの神が現れ、さらにこの神が現れてというように、系譜、序列をはっきり示しています。あちこちに神が宿っているとするアニミズム的な宇宙観に対して、『古事記』は神々に階層をもたらしたところに特徴があります。

歴史とは、現在の立場から過去を見渡し、現在の解釈をもって序列、系譜を組み立て直す作業だとすれば、『古事記』は、神話的な世界を再構築することで、神々の世界の秩序をはっきりさせ、そこから天皇に至る系譜を示して、権威の正統性を示しているという点で、『日本書紀』に通じるものがあります。

## イザナキ・イザナミに至る神世七代《かみよななよ》

① 独り神 クニノトコタチノカミ

↓

② 独り神 トヨクモノノカミ

↓

❸ 男神 ウヒヂニノカミ
女神 スヒチニノカミ

↓

❹ 男神 ツノグヒノカミ
女神 イクグヒノカミ

↓

❺ 男神 オホトノヂノカミ
女神 オホトノベノカミ

↓

❻ 男神 オモダルノカミ
女神 アヤカシコネノカミ

↓

❼ 男神 イザナキノカミ
女神 イザナミノカミ
(男女が互いに「誘《いざな》う」という意味)
(国生みを命じられる)

# 2

## イザナキとイザナミ、国を生む

## 身《み》の成《な》り合《あ》はぬ処《ところ》に刺《さ》し塞《ふた》ぎて、国土《くに》を生《う》み成《な》さむ

イザナキノミコト（イザナキノカミ）とイザナミノミコト（イザナミノカミ）が天《あま》つ神たちから授かった天《あめ》の沼《ぬ》矛《ほこ》を天の浮き橋から地上に降ろし、海水を「コオロコオロ」とかき鳴らして引きあげたときに、その矛の先からしたたり落ちた潮が積もって島となった。イザナキとイザナミは、この淤能碁呂島《おのごろしま》（「潮がおのずから凝りかたまってできた島」の意）に天降《あまくだ》りして、高天の原の象徴である御《み》柱《はしら》を立て、その柱を中心に立派な宮殿をつくった。

是《こ こ》にその妹《いも》伊耶那美命《イザナミノミコト》を問《と》ひて曰《の》りたまはく、「汝《な》が身《み》はいかにか成《な》れる」とのたまふ。答《こた》へて白《まお》さく、「吾《あ》が身《み》は成《な》り成《な》りて、成《な》り合《あ》はぬ処一処《ところひとところ》在《あ》り」とまをす。

爾《しか》して伊耶那岐命《イザナキノミコト》詔《の》りたまはく、「我《あ》が身《み》は成《な》り成《な》りて、成《な》り余《あま》れる処一処《ところひとところ》在《あ》り。故《かれ》この吾《あ》が身《み》の成《な》り余《あま》れる処《ところ》を以《も》ち、汝《な》が身《み》の成《な》り合《あ》はぬ処《ところ》に刺《さ》し塞《ふた》ぎて、国土《くに》を生《う》み成《な》さむと以為《おも》ふ。生《う》むこといかに」とのりたまふ。

伊耶那美命《イザナミノミコト》答《こた》へて曰《まお》さく、「然善《しかえ》けむ」とまをす。

イザナキがイザナミに「おまえのからだはどのようにできているか」と尋ねると、「私のからだはこれでよいと思うほどにできていますが、一か所だけ欠けて十分でないところがあります」と答えた。

イザナキは「私のからだもこれでよいと思うほどにできているが、一か所だけ余分と思われるところがある。そこで、私の余分なところをおまえの欠けているところにさし入れて国を生もうと思うが、どうだろうか」と言った。

イザナミは「それがよろしゅうございましょう」と答えた。


---

爾《しか》して伊耶那岐命《イザナキノミコト》詔《の》りたまはく、「然《しか》あらば吾《あ》と汝《な》と、是《こ》の天《あめ》の御柱《みはしら》を行《ゆ》き廻《めぐ》り逢《あ》ひて、みとのまぐはひ為《せ》む」とのりたまひき。

かく期《ちぎ》りて、詔《の》りたまはく、「汝《な》は右《みぎ》より廻《めぐ》り逢《あ》へ、我《あれ》は左《ひだり》より廻《めぐ》り逢《あ》はむ」とのりたまふ。

約《ちぎ》り竟《お》へて廻《めぐ》る時《とき》に、伊耶那美命《イザナミノミコト》まづ、「あなにやし、えをとこを」と言《い》ひ、後《のち》に伊耶那岐命《イザナキノミコト》、「あなにやし、えをとめを」と言《の》りたまふ。

おのもおのも言《い》ひ竟《お》へし後《のち》に、その妹《いも》に告《つ》げて曰《の》りたまはく、「女人《おみな》まづ言《い》へるは不良《さがな》し」とのりたまふ。

然《しか》あれども、くみどに興《おこ》して生《う》める子水蛭子《こひるこ》。この子《こ》は葦船《あしぶね》に入《い》れて流《なが》し去《や》りつ。次《つぎ》に淡嶋《あわしま》を生《う》みたまふ。是《これ》も子《こ》の例《かず》に入《い》れず。

そこでイザナキは、「それならば、私とおまえとでこの天《あめ》の御柱《みはしら》をぐるっとまわって、出会ったところで交《まじ》わりをしよう」と言った。そう約束してイザナキは、「おまえは右から、私は左から、まわろう」と言って、お互いに柱をまわった。

そうして出会ったとき、イザナミが先に「ああ、いとおしい若者よ」と言い、つづいてイザナキが「ああ、愛すべき乙女《おとめ》よ」と言った。

言いおわってしまってから、イザナキがイザナミに、「女のほうが先に言葉を挙げるのはよくないしるしだ」と言いながらも、聖なる寝殿で交わりをした。

しかし、生まれた子は骨のない蛭《ひる》にも似た水蛭子《ひるこ》だったので、葦《あし》の葉で編んだ船に乗せて流した。次に生まれた淡島《あわしま》もあわあわとして頼りない小島だったので、子どものうちには数えられなかった。

是《ここ》に二柱《ふたはしら》の神《かみ》議《はか》りて云《の》りたまはく、「今《いま》、吾《あ》が生《う》める子《こ》不良《さがな》し。なほ天《あま》つ神《かみ》の御所《みもと》に白《まお》すべし」とのりたまふ。共《とも》に参上《まいのぼ》り、天《あま》つ神《かみ》の命《みこと》を請《こ》ひたまふ。

尓《しか》して天《あま》つ神《かみ》の命《みこと》以《も》ち、ふとまにに卜相《うらな》ひて詔《の》りたまはく、「女《おみな》のまづ言《い》へるに因《よ》りて不良《さがな》し、また還《かえ》り降《くだ》り改《あらた》め言《い》へ」とのりたまふ。

故尓《かれしか》して、返《かえ》り降《くだ》り、更《さら》にその天《あめ》の御柱《みはしら》を往《ゆ》き廻《めぐ》りたまふこと、先《さき》の如《ごと》し。

是《ここ》に伊耶那岐命《イザナキノミコト》、まづ言《の》りたまはく、「あなにやし、えをとめを」とのりたまひ、後《のち》に妹伊耶那美命《いもイザナミノミコト》言《の》りたまはく、「あなにやし、えをとこを」とのりたまふ。

そこでイザナキとイザナミは、「私たちが生んだ子どもたちは良いものではなかった。どうしてこうなったか、ひとつ天《あま》つ神のところに参上してお伺《うかが》いしてみよう」と相談して、一緒に高天の原に参上して、お伺いを立てた。

天つ神は、鹿の骨を焼いて占い、「女のほうが先に誘いの言葉をかけるのは不吉である。もどってもう一度言い直しなさい」と仰せになった。

そこでイザナキとイザナミは、淤能碁呂島《おのごろしま》に降《くだ》りもどって、もう一度、天の御柱を前と同じようにまわった。

今度は、イザナキが先に「ああ、愛すべき乙女よ」と言い、そのあとでイザナミが、「ああ、いとおしい若者よ」と言った。

イザナキとイザナミが初めてつくった国土が淤能碁呂島《おのごろしま》。ふたりはここに天降《あまくだ》って、御柱《みはしら》を中心に八尋殿《やひろどの》という立派な宮殿を建て、国を生むことにします。この「国生み」の儀式が物語的で、じつに面白い。御柱をそれぞれ反対からまわって出会ったとき、女性であるイザナミが先に声をかけたために、不完全な子しか生まれなかった。

子どものできがよくないから流してしまうというのは、人権無視の発想といえなくもありませんが、ここでは「男が先に言うべき」という男性優位の原理が強調されています。

のちにアマテラスオホミカミ（天照大御神）が登場して女性中心になります。この男性原理と女性原理のせめぎ合いも『古事記』の見どころの一つです。

さて、ふたりは天つ神の指示を仰いで、柱まわりをやり直し、今度はイザナキが先に声をかけます。

このあとふたりは、淡路島をはじめ八人の丈夫な子ども、八つの島を生みます。これが大八嶋国《おおやしまぐに》です。日本列島のことを大八嶋国というのもこれによ

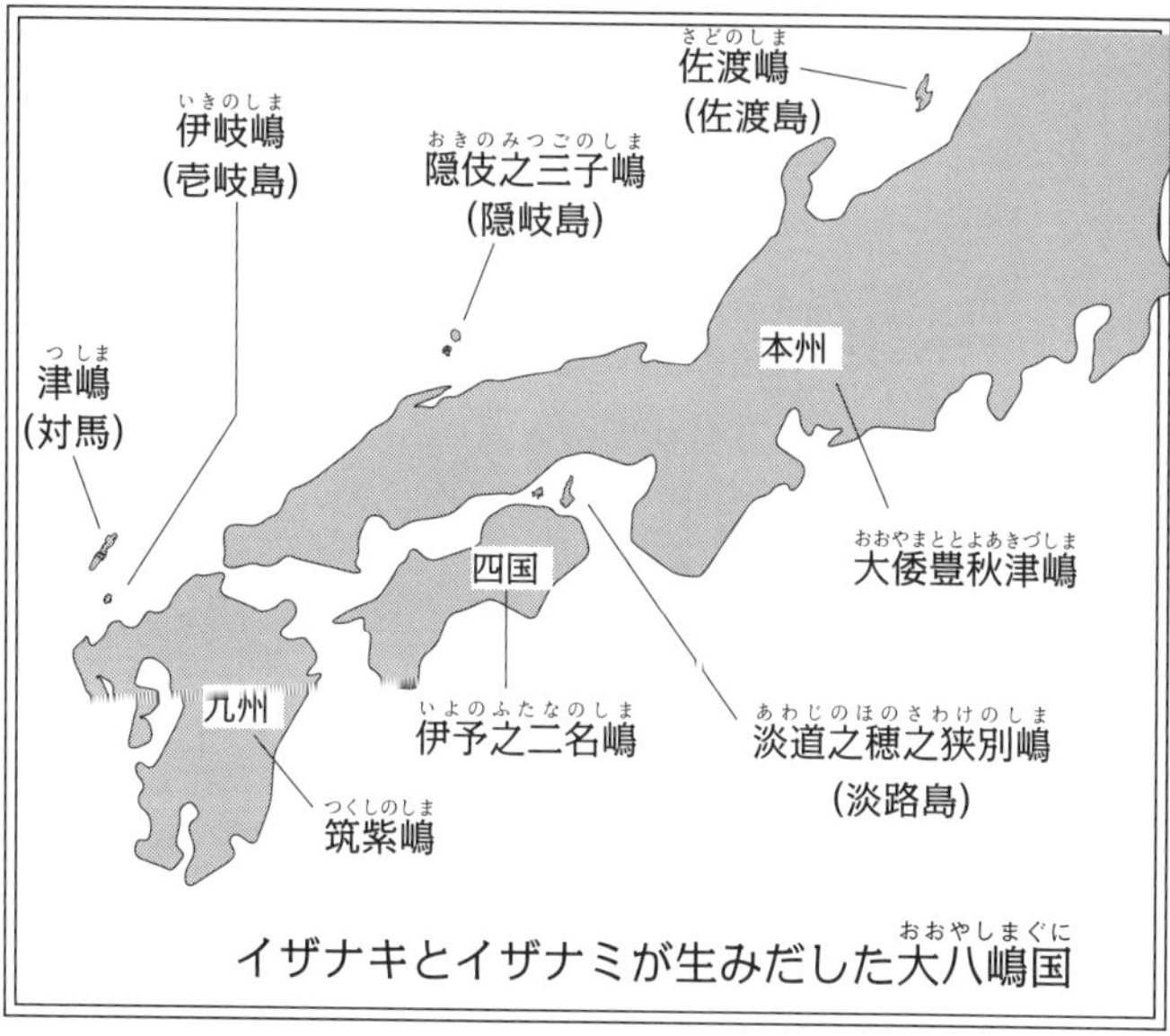


イザナキとイザナミが生みだした大八嶋国《おおやしまぐに》

るわけですが、上の地図を見るとわかるように、実際には西日本にかたよっています。

東北など本州全体が意識されているのではなく、九州（筑紫嶋）や壱岐島、対馬、隠岐島、淡路島、四国（伊予之二名嶋）、佐渡島を中心に世界が構築されています。西日本の島々が舞台として重要だったことがわかります。

もう一つ面白いのは、

男と女が余ったところと足りないところを合わせてこれらの島（国）を生むところです。

日本の島々は男女が交わって生まれたという発想はじつに壮大です。男と女がいれば交わり、生みだしていくのはごく自然なことですが、現代日本では、いろいろな事情で男と女がいても自然にそのようにはならなくなっていますす。島を生むことと神々を生むことが、ほぼ同列に語られている点も面白いところです。

神から神が生まれるのはわからなくもありませんが、島々を生むというのは理解しづらいところです。

しかし、このあたりがいかにも神話的な豪快さで、神話というものの想像力の豊かさの面目躍如《めんもくやくじょ》たるところです。

イザナキとイザナミの国生みに似た神話は蒙古《もうこ》（神が鉄の棒で海をまぜると固まって大地になった）やポリネシア（男女の神々が島々を生んだ）にも見られます。

## 3 イザナキ、黄泉の国をめぐる

# 吾《あれ》と汝《な》と作《つく》れる国《くに》、いまだ作《つく》り竟《お》へず。故《かれ》、還《かえ》るべし

イザナミは火之夜芸速男神《ヒノヤギハヤヲノカミ》を生むときに陰処《ほと》を焼かれ、その傷がもとでこの世を去り、黄泉国《よもつくに》へと旅立った。

是《ここ》にその妹伊耶那美命《いもイザナミノミコト》を相見《あいみ》むと欲《おも》ほし、黄泉国《よもつくに》に追《お》ひ往《い》でます。尓《しか》して殿《との》の縢戸《とじと》より出《い》で向《む》かへたまふ時《とき》に、伊耶那岐命《イザナキノミコト》語《かた》りて詔《の》りたまはく、「愛《うつく》しき我《あ》がなに妹《も》の命《みこと》、吾《あれ》と汝《な》と作《つく》れる国《くに》、いまだ作《つく》り竟《お》へず。故《かれ》、還《かえ》るべし」とのりたまふ。

爾《しか》して伊耶那美命《イザナミノミコト》答《こた》へ白《まお》さく、「悔《くや》しきかも、速《と》く来《き》まさず。吾《あ》は黄泉戸喫《よもつへぐい》為《し》つ。然《しか》あれども愛《うつく》しき我《あ》がなせの命《みこと》、入《い》り来坐《きま》せる事恐《ことかしこ》し。故還《かれかえ》らむと欲《おも》ふ。しまらく黄泉神《よもつかみ》と相論《あげつら》はむ。我《あ》をな視《み》たまひそ」と、かく白《まお》して、その殿《との》の内《うち》に還《かえ》り入《い》る間《あいだ》、いたく久《ひさ》し。待《ま》ち難《か》ねたまふ。

---

イザナキはもう一度イザナミに逢いたいと思い、黄泉《よみ》の国へと降《くだ》っていった。イザナミが御殿から戸を閉じて出迎えると、「いとおしいわが妻よ。私がおまえとつくった国はまだ完成していない。もどってきてくれないだろうか」と言った。

しかしイザナミは、「とても残念なことです。もう少し早くお出《い》でになればよかったのに、私はこの国のものを食べ、私のからだはすっかり穢《けが》れています。それでも、せっかく迎えにきてくださったので帰りたいと存じます。黄泉の神と相談するあいだ、けっして私の姿をのぞき見しないでください」と御殿の内へともどっていった。しかし、いつまでたっても帰らないのでイザナキは待ちきれなくなった。

---

故《かれ》左《ひだり》の御《み》みづらに刺《さ》させる湯津々間櫛《ゆつつまくし》の男柱《ほとりは》一箇《ひとつ》取《と》り闕《か》きて、一《ひと》つ火《び》燭《とも》し入《い》り見《み》たまふ時《とき》に、うじたかれころろきて、頭《かしら》には大《おお》雷《いかずち》居《お》り、胸《むね》には火雷《ほのいかずち》居《お》り、腹《はら》には黒雷《くろいかずち》居《お》り、陰《ほと》には析雷《さくいかずち》居《お》り、左《ひだり》の手《て》には若雷《わかいかずち》居《お》り、右《みぎ》の手《て》には土雷《つちいかずち》居《お》り、左《ひだり》の足《あし》には鳴雷《なるいかずち》居《お》り、右《みぎ》の足《あし》には伏雷《ふすいかずち》居《お》り、并《あわ》せて八《やくさ》の雷神《いかずち》成《な》り居《お》りぬ。

是《ここ》に伊耶那岐命《イザナキノミコト》、見畏《みかしこ》みて逃《に》げ還《かえ》ります時《とき》に、その妹《いも》伊耶那美《イザナミノ》命《ミコト》言《まお》さく、「吾《あれ》に辱《はじ》見《み》せつ」とまをす。予母都志許売《ヨモツシコメ》を遣《つか》はし追《お》はしむ。尓《しか》して伊耶那岐命《イザナキノミコト》、黒《くろ》御《み》縵《かずら》を取《と》り、投《な》げ棄《う》つるすなはち　蒲《えびかずらの》子《み》生《な》る。是《こ》を摭《ひり》ひ食《は》む間《あいだ》に逃《に》げ行《い》でます。なほ追《お》ふ。

---

しびれを切らしたイザナキは、左側に垂れた髪に挿《さ》した目のこまかい神聖な櫛《くし》の太い歯を一つ折って、それに火をともして御殿へ入って中をのぞいたとたん、イザナミのからだのいたるところに蛆虫《うじむし》がたかり集まり、そのうごめく音がゴロゴロと鳴るありさまで、頭には大きな雷《いかずち》が、胸には火の雷が、

腹には黒い雷が、陰部には空《くり》を裂くような雷が、左手には若い雷が、右手には土の雷が、左足には鳴る雷が、右足には伏す雷がいて、あわせて八柱《やつはしら》の雷神《らいじん》が湧きだしていた。

このありさまにイザナキは恐れおののき、一目散に逃れようとしたとき、妻のイザナミは、「よくも私に恥をかかせましたね」と言うと、黄泉の国のヨモツシコメ（死の穢れの象徴）にイザナキのあとを追わせた。

迫るヨモツシコメにイザナキは頭に着けていた黒い髪飾りを投げつけると、たちまち山ぶどうの木に変わった。ヨモツシコメが山ぶどうの実を食べているすきに逃げたが、なおも追いかけてきた。

---

またその右《みぎ》の御《み》みづらに刺《さ》させる湯津々間櫛《ゆつつまくし》引《ひ》き闕《か》きて投げ棄《う》つるすなはち筍生《たかみなお》ふ。是《こ》を抜《ぬ》き食《は》む間《あいだ》に、逃《に》げ行《い》でます。また

後《のち》にはその八《やくさ》の雷神《いかずち》に、千《ち》五《い》百《お》の黄泉軍《よもついくさ》を副《そ》へ追《お》はしむ。

尓《しか》して御《み》佩《はか》せる十《と》拳《つか》の剱《つるぎ》を抜《ぬ》きて、後手《しりえで》にふきつつ逃《に》げ来《く》。なほ追《お》ふ。黄泉比良坂《よもつひらさか》の坂本《さかもと》に到《いた》る時《とき》に、その坂本《さかもと》に在《あ》る桃子《もものみ》三《み》箇《つ》を取《と》り待《ま》ち撃《う》てば、悉《ことごと》く抜《ひ》き返《かえ》りぬ。

尓《しか》して伊耶那岐命《イザナキノミコト》、桃子《もものみ》に告《の》りたまはく、「汝《なれ》、吾《あれ》を助《たす》けしが如《ごと》く、葦原中国《あしはらのなかつくに》に有《あ》らゆるうつしき青人草《あおひとくさ》の、苦《くる》しき瀬《せ》に落《お》ちて、患《うれ》へ惚《なや》む時《とき》に助《たす》くべし」と告《の》りたまひ、名《な》を賜《たま》ひ意富加牟豆美命《オホカムヅミノミコト》と号《なづ》く。

そこで、右側の髪に挿していた櫛の歯を折りとって投げ捨てると、たちまちタケノコが生えた。ヨモツシコメがこれを引き抜いて食べているすきに、イザナキはさらに逃げのびた。イザナミは、ヨモツシコメに代えて、自分のからだから生まれた八種の雷神に、大勢の黄泉の軍勢を加えて、イザナキのあとを追わせた。

イザナキは腰に帯びた十拳《とつか》の剣（十握《とつかみ》もある長い剣）を抜いて後ろ手に振りまわしながら逃げつづけた。黄泉の軍はなおも追ってきたが、黄泉の国と地上の国の境の黄泉比良坂《よもつひらさか》のふもとまで来たとき、イザナキはそこになっていた桃の実を三つ投げつけた。すると、桃の霊力にはばまれて黄泉の軍は退散していった。

イザナキは桃の実に、「桃の実よ、おまえが私を助けたように、葦の茂るこの豊かな葦原の中つ国の民が悩み苦しむときには救ってやってくれ」と告げて、「大神《おおかみ》の実」（偉大な霊の力）という意味のオホカムヅミノミコトという名を授けた。

最後《いやはて》にその妹《いも》伊耶那美命《イザナミノミコト》、身自《みずか》ら追《お》ひ来《き》つ。

尓《しか》して千引《ちびき》の石《いわ》をその黄泉比良坂《よもつひらさか》に引《ひ》き塞《さ》へ、その石《いわ》を中《なか》に置《お》き、おのもおのも対《むか》ひ立《た》ちて、事戸《ことど》を度《わた》す時《とき》に、伊耶那美命《イザナミノミコト》言《まお》さく、「愛《うつく》しき我《あ》がなせの命《みこと》、かく為《し》たまはば、汝《いまし》の国《くに》の人草《ひとくさ》、一《ひと》日《ひ》に千頭《ちかしら》絞《くび》り殺《ころ》さむ」とまをす。

尓《しか》して伊耶那岐命《イザナキノミコト》、詔《の》りたまはく、「愛《うつく》しき我《あ》がなに妹《も》の命《みこと》、汝然為《なれしかせ》ば、吾《あれ》一日《ひとひ》に千五百《ちいお》の産屋《うぶや》を立《た》てむ」とのりたまふ。

是《ここ》を以《も》ち一日《ひとひ》に必《かなら》ず千人《ちたり》死《し》に、一日《ひとひ》に必《かなら》ず千五百人《ちいおたりう》生まるるなり。故《かれ》その伊耶那美命《イザナミノミコト》を号《なづ》けて黄泉津大神《ヨモツオホカミ》と謂《い》ふ。

一番あとから、イザナミ自身が追ってきた。

そこで、イザナキは千人力でなければ引けないような大岩で比良坂をふさぎ、その岩をあいだに向き合って立ち、契《ちぎ》りを解く呪言《じゅごん》を言いわたした。するとイザナミは、「いとおしいわが夫よ。こんな仕打ちをなさいますならば、あなたの国の人間を一日に千人ずつ首をしめて殺してやりましょう」と言った。

するとイザナキは、「わが最愛の妻よ。おまえがそうするなら、私は一日に千五百の産室《うぶや》を建てて、子どもを生ませることにしよう」と答えた。

こういう誓いがあったので、この国では一日に、必ず千人が死に、必ず千五百人が生まれることになった。ここにイザナミを名づけてヨモツオホカミという。

イザナキとイザナミは八つの島「大八嶋《おおやしま》」を生んだのにつづいて、六つの島を生んで、無事に国を生みおえる。そしてふたりは、今度は神々を生む。その数、三十三柱。

ところがイザナミは火の神ヒノヤギハヤヲノカミ（ヒノカグツチ）を生むときに大やけどを負い、嘔吐したり排泄したりしながらその後も神々を生んだものの、やがて死んでしまう。

妻のイザナミを葬ったあともイザナキの悲しみはおさまらず、イザナミを連れもどすべく黄泉《よみ》の国を訪ねる。しかし、そこでイザナミの恐ろしい姿を目にする。

死者を祀《まつ》る行為は、死んだ者と一定の距離感を保つことを意味しますが、イザナキは距離をとることができず、「行ってはいけない」黄泉の国に行ってしまった。天上世界の高天の原、地上世界の葦原の中つ国、そして地下世界の黄泉の国。死者に会いたい気持ちが強いとはいえ、それに引きずられて黄泉の国に行ってはならないのに、その禁忌を犯してしまった。

死者とどのように関係を保つか、距離を保つかは、人がこの世で生きるうえで、古来、非常に大きな問題でした。しかもイザナキは「見てはいけない」と言われたイザナミの恐ろしい姿を見てしまい、「恥をかかせたわね」と怒りを買う。『鶴の恩返し』やギリシャ神話のオルフェウス（死んだ妻を連れもどすべく冥界に下るが、冥界の王との約束を破って後ろを振り向いて妻の顔を見たため、望みを果たせなかった）に通じる展開です。

ひどい姿を見られるのは女性にとって恥です。それをしてしまった男は当然、報いを受けるべきだということで、イザナキは次々に怖ろしい目にあいます。イザナミのからだには蛆虫《うじむし》がたかり、八種の雷神《いかずち》が湧きだしていた。イザナキが追っ手のヨモツシコメに蔓《かずら》を投げつけるとヤマブドウの木に変身し、ヨモツシコメがその実を食べているすきに逃げたり、最後には桃の実を放って迎撃《げいげき》したところ、桃の霊力で黄泉の軍勢は退散した。死の国の軍が追ってきているというのに、桃の実三つで退散させてしまう。こんな程度でいいのかなと思いたくなるほどで、ほほ笑ましくさえなります。おそらく当時の人たちにとって、ヤマブドウや桃の実はありがたいものであり、こんなにおいしくて栄養のあるものが木になっていることに、不思議な力を感じたのだと思います。

桃の霊力を称えて、オホカムヅミノミコトという称号を与えます。食べ物の一つひとつに霊力がこめられているという自然観も面白いと思います。食べ物にありがたみを感じるというのは生きていくうえの基本でもあります。

イザナキの黄泉の国めぐりのしめくくりは、「あなたの国の人間を一日に千人殺してやりましょう」とイザナミが宣言したのに対して、「おまえがそうするなら、私は一日に千五百もの産室を建てて子どもを生ませることにしよう」とイザナキが反論して終わります。

差し引き五百人ずつ増えていくことになりますが、生き死にはあっても、集団としての個体数は増えていきます。今の日本は生まれてくる人より死んでいく人のほうが多いという人口減少の時代を迎えています。『古事記』の神話の原理が通用しない時代に入ったのかと思うと衝撃すら感じます。

## 4　アマテラスオホミカミ、禊ぎによって生まれる
## 左《ひだり》の御目《みめ》を洗《あら》ひたまふ時《とき》に成《な》りませる

是《ここ》を以《も》ち伊耶那岐大神《イザナキノオホカミ》詔《の》りたまはく、「吾《あれ》はいなしこめしこめき穢《きたな》き国《くに》に到《いた》りて在《あ》りけり。故《かれ》吾《あれ》は御身《みみ》の禊為《みそきせ》む」とのりたまひて、竺紫《つくし》の日向《ひむか》の橘《たちばな》の小門《おど》の阿波岐原《あわきはら》に到《いた》り坐《ま》して、禊《みそ》き祓《はら》へたまふ。（中略）

是《ここ》に**左《ひだり》の御目《みめ》を洗《あら》ひたまふ時《とき》に成《な》りませる**神《かみ》の名《な》は、天照大御神《アマテラスオホミカミ》。次《つぎ》に右《みぎ》の御目《みめ》を洗《あら》ひたまふ時《とき》に成《な》りませる神《かみ》の名《な》は、月読命《ツクヨミノミコト》。

次《つぎ》に御鼻《みはな》を洗《あら》ひたまふ時《とき》に成《な》りませる神《かみ》の名《な》は、建速須佐之男命《タケハヤスサノヲノミコト》。

黄泉の国から逃げもどったイザナキは、「思えば自分は目にするのもいやな汚《けが》らわしい穢《けが》れた国に行っていたことだろう。この穢れたからだの禊《みそ》ぎをしなければならない」と言って、筑紫《つくし》の国の、日向《ひむか》（日の射すところ）の、橘《たちばな》が青々と生《お》い茂った、小門《おど》（幅の狭い海峡）のあたりの阿波岐原《あわきはら》（所在未詳）に行って禊ぎをした。（中略）

この禊ぎで次々に神を生みなしたが、最後にイザナキが左の目を洗ったときに生まれたのが日神《ひのかみ》アマテラスオホミカミ、右の目を洗ったときに生まれたのが月神《つきのかみ》ツクヨミノミコト。さらに、黄泉の悪臭をかいだ穢れを清めるために鼻を洗ったときに生まれたのがタケハヤスサノヲノミコト（スサノヲ）である（61頁の図を参照）。

この時《とき》に伊耶那岐命《イザナキノミコト》いたく歓喜《よろこ》ばして詔《の》りたまはく、「吾《あれ》は子《こ》を生《あ》らし生《あ》らして、生《あ》らす終《はて》に、三《み》の貴《はしら》き子《とうと》を得《こ》つ」とのりたまふ。

その御《み》頸珠《くびたま》の玉《たま》の緒《お》もゆらに取《と》りゆらかして、天照大御神《アマテラスオホミカミ》に賜《たま》ひて詔《の》りたまはく、「汝《な》が命《みこと》は高天原《たかまのはら》を知《し》らせ」と、事依《ことよ》さして賜《たま》ふ。

故《かれ》その御《み》頸珠《くびたま》の名《な》を、御倉板挙之神《ミクラタナノカミ》と謂《い》ふ。

次《つぎ》に月読命《ツクヨミノミコト》に詔《の》りたまはく、「汝《な》が命《みこと》は夜之食国《よるのおすくに》を知《し》らせ」と、事依《ことよ》さしたまふ。

次《つぎ》に建速須佐之男命《タケハヤスサノヲノミコト》に詔《の》りたまはく、「汝《な》が命《みこと》は海原《うなはら》を知《し》らせ」と、事依《ことよ》さしたまふ。

---

このときイザナキは大いに喜んで、「黄泉の穢れを払い清める禊ぎをして、つぎつぎにたくさんの子をもうけたが、禊ぎの最後に、特別に貴い三柱《みはしら》の神を得ることができた」と言った。

そこでさっそく、首飾りの珠《たま》を美しく鳴り響かせながらはずして、アマテラスに授け、「おまえは私にかわって高天の原（天上世界）を治めよ」と命じた。仕事を任せたしるしに、その首飾りを賜《たまわ》った。

そこでこの首飾りの名をミクラタナノカミ（「倉の棚に安置する神」の意）と言う。

ツクヨミには「私にかわって夜の世界を治めよ」と命じて仕事を任せた。

タケハヤスサノヲ（スサノヲ）には「海原《うなはら》を治めよ」と命じて仕事を任せた。

ところが海原の統治を命じられたスサノヲは国を治めようとせず、泣いてばかりいたため、涙に水分を取られ、山は枯れ、海は干上がり、地上にはわざわいが満ちた。

故《かれ》伊耶那岐大御神《イザナキノオホミカミ》、（建）《タケ》速須佐之男命《ハヤスサノヲノミコト》に詔《の》りたまはく、「何《なに》に由《よ》りて汝《な》は事依《ことよ》させる国《くに》を治《し》らずて、哭《な》きいさちる」とのりたまふ。尓《しか》して答《こた》へ白《まお》さく、「僕《やつかれ》は妣《はは》の国《くに》根《ね》之《の》堅州《かたす》国《くに》に罷《まか》らむと欲《おも》ふ。故《かれ》哭《な》く」とまをしたまふ。

尓《しか》して伊耶那岐大御神《イザナキノオホミカミ》、いたく忿怒《いか》り詔《の》りたまはく、「然《しか》あらば、汝《な》はこの国《くに》にな住《す》むべくあらず」とのりたまひ、神《かむ》やらひにやらひ賜《たま》ふ。（中略）故《かれ》是《ここ》に速須佐之男命《ハヤスサノヲノミコト》、言《まお》したまはく、「然《しか》あらば天照大御神《アマテラスオホミカミ》に請《まお》しに罷《まか》らむ」とまをす。天《あめ》に参上《まいのぼ》りたまふ時《とき》に、山川《やまかわ》悉《ことごと》く動《とよ》み国《くに》土《つち》皆《みな》震《ふる》ひぬ。

---

そこで、イザナキはスサノヲに、「どんなわけがあって、おまえは私の命じた海の国を治めずに泣きわめくのだ」と問いただすと、スサノヲは、「私は亡き母イザナミのいる根の堅州《かたす》の国《くに》（「底の国」＝地の底にある下界とされるが、地下ではなく海の彼方または海の底にある国とする説もある）に行きたいので泣いています」と答えた。

これにイザナキはたいそう怒って、「それなら、おまえはもうこの国に住む資格はない」と言ってスサノヲを追放した。（中略）追放されることになったスサノヲは、「こうなったからには、姉君のアマテラスオホミカミに

——暇乞《いとまご》いをしてから、亡き母のいる国に行くことにしよう」と言って高天の原に上《のぼ》っていった。そのとき山川がことごとく轟音《ごうおん》を発し、大地が震《ふる》えた。

爾《しか》して天照大御神《アマテラスオホミカミ》聞《き》き驚《おどろ》きて詔《の》りたまはく、「我《あ》がなせの命《みこと》の上《のぼ》り来《く》る由《ゆえ》は、かならず善《よ》き心《こころ》にあらじ。我《あ》が国《くに》を奪《うば》はむと欲《おも》ふのみ」とのりたまふ。

御髪《みかみ》を解《と》き、御《み》みづらに纏《ま》かして、左右《ひだりみぎ》の御《み》みづらに、また御《み》縵《かずら》に、また左右《ひだりみぎ》の御手《みて》に、おのもおのも八尺《やさか》の勾璁《まがたま》の五百津《いおつ》のみすまるの珠《たま》を纏《ま》き持《も》たして、そびらには千入《ちのり》の靫《ゆき》を負《お》ひ、ひらには五百入《いおのり》の靫《ゆき》を附《つ》け、またいつの竹鞆《たかとも》を取《と》り佩《は》かして、弓腹《ゆはら》振《ふ》り立《た》てて、堅庭《かたにわ》は向股《むかもも》に蹈《ふ》みなづみ、沫雪《あわゆき》如《な》す蹶《く》ゑ《（え）》散《はらら》かして、いつの男建《おたけび》、蹈《ふ》み建《たけ》びて、待《ま》ち問《と》ひたまはく、「何《なに》の故《ゆえ》にか上《のぼ》り来《き》つる」ととひたまふ。

---

アマテラスはその音を聞いて驚き、「わが弟が高天の原に上ってくるわけは、私に対する善意があってのことではないでしょう。私の治める国、高天の原を奪おうとする魂胆《こんたん》にちがいない」と言った。

そして、ただちに髪を解いて左右に分けると、角髪《みずら》（男の髪型）に結いなおし、この左右の角髪にも、髪飾りにも、また左右の手にも、それぞれ長い紐《ひも》にたくさんの勾玉《まがたま》を通した玉飾りを巻きつけた。鎧《よろい》の背中には千本入る矢入れを負い、胸には五百本入る矢入れを着け、左の腕には威勢のいい音を立てる竹の鞆《とも》を着け、強弓を宙に振り立てて、堅い地面に股《もも》がくい込むほどに踏み入れ、泡雪《あわゆき》のように土を蹴散《けち》らして、雄々しい姿で荒々しく足を踏みな

――らしてスサノヲを待ちうけたアマテラスは「なんのわけがあって高天の原に上ってきたのか」と問いただした。

爾《しか》して速須佐之男命《ハヤスサノヲノミコト》答《こた》へ白《まを》さく、「僕《やつかれ》は耶《きたな》き心無《こころな》し。ただ大《おお》御神《みかみ》の命《みこと》以《も》ち、僕《やつかれ》が哭《な》きいさちる事《こと》を問《と》ひ賜《たま》ふ。故《かれ》白《まを》しつらく、『僕《やつかれ》は妣《はは》の国《くに》に往《ゆ》かむと欲《おも》ひて哭《な》く』とまをす。爾《しか》して大御神《おおみかみ》詔《の》りたまはく、『汝《な》はこの国《くに》に在《あ》るべくあらず』とのりたまひて、神《かむ》やらひやらひ賜《たま》ふ。故《かれ》罷《まか》り往《ゆ》かむとする状《さま》を請《まを》さむと以為《おも》ひ参《まい》上《のぼ》りつらくのみ。異《け》しき心無《こころな》し」とまをしつ。

爾《しか》して天照大御神《アマテラスオホミカミ》詔《の》りたまはく、「然《しか》あらば汝《な》が心《こころ》の清《きよ》く明《あ》かきはいかにして知《し》らむ」とのりたまふ。是《ここ》に速須佐之男命《ハヤスサノヲノミコト》答《こた》へ白《まお》さく、「おのもおのもうけひて子生《こう》まむ」とまをす。

---

するとスサノヲは、「私は姉上に背《そむ》く邪心《じゃしん》はありません。ただ父上イザナキノオホミカミが、私が泣きわめく理由をお問いになりましたので、『私は亡き母の国に行きたくて泣いているのです』と申しました。すると父上は、『おまえはこの国に住む資格はない』と怒って、私を追放なさいました。それで亡き母の国に行くことの次第を説明したいと思って、姉上のところに参上しただけです。姉上に背く心などまったくありません」と答えた。

これを聞いたアマテラスは、「口ではそう言うが、おまえの心が清く正しいことを、どうしたらわかるであろうか」と言った。スサノヲは「では互いに誓約《うけい》（あらかじめ神に誓いを立てて吉凶、正邪などを判断すること）をして子を生み、その性別によって正邪《せいじゃ》を判断しようではないか」と言った。

イザナキが黄泉（死者の国）を見た穢れを清めるために左の目を洗ったときに生まれたのが日神《にっしん》（太陽）アマテラスオホミカミ、右の目を洗ったときに生まれたのが月神《げっしん》ツクヨミノミコト、そして鼻を洗ったときに生まれたのがタケハヤスサノヲノミコト（61頁の図を参照）。

穢れを禊ぐというのは日本人の行為の基本になっています。今でも神社では参拝者が身を浄《きよ》めるために手水《ちょうず》を使います。伊勢神宮でも、本来は五十鈴《いすず》川に身を浸して清めてからお参りをします。身を清めるという発想は、たとえば政治家が不祥事を犯したとき、次の選挙に立候補しないで謹慎《きんしん》して禊ぎをすることがあるように、日本人の中にいまだに生きています。

それは、人間は生まれたときから罪があるという決定的な刻印ではなく、たまたま汚れただけなのだから、禊ぎによって洗い流せばいいという、日本人の柔軟な生き方を支える原点にもなっています。

この段の物語は、アマテラスとスサノヲの姉弟の関係をめぐる物語です。弟スサノヲは亡き母が恋しくて泣いているのに、父イザナキに追放されて姉アマテラスのもとに行ったものの、攻撃しに来たにちがいないと誤解される。誤解に誤解が重なり、道をはずれていく。スサノヲというと暴れん坊のイメージがあります。私が子どものころには、暴れん坊の男の子のことを「スサノヲみたいだ」と言ったものですが、この物語を読むと、スサノヲを暴れん坊扱いするのはちょっとかわいそうになります。

アマテラスとスサノヲの対立は『古事記』の基本の構造をなしています。伊勢の系譜となるアマテラスに対し、スサノヲが出雲の系譜になることで、この二人の対立軸が非常に重要なものになっていきます。

アマテラスは日神、つまり太陽の神です。「元始《げんし》、女性は実に太陽であった。真正の人であった。今、女性は月である」と平塚らいてう（らいちょう）が宣言したのも、女性は元来、何かを生みだす偉大な存在である。その一番偉大なものは太陽で、豊作をもたらす。農耕民族にとって太陽は狩猟民族よりもより重要ですから、女性を豊饒《ほうじょう》のイメージとしたのです。男性中心主義に女性原理をぶつけたところが、『古事記』のこの段のもう一つの見どころです。

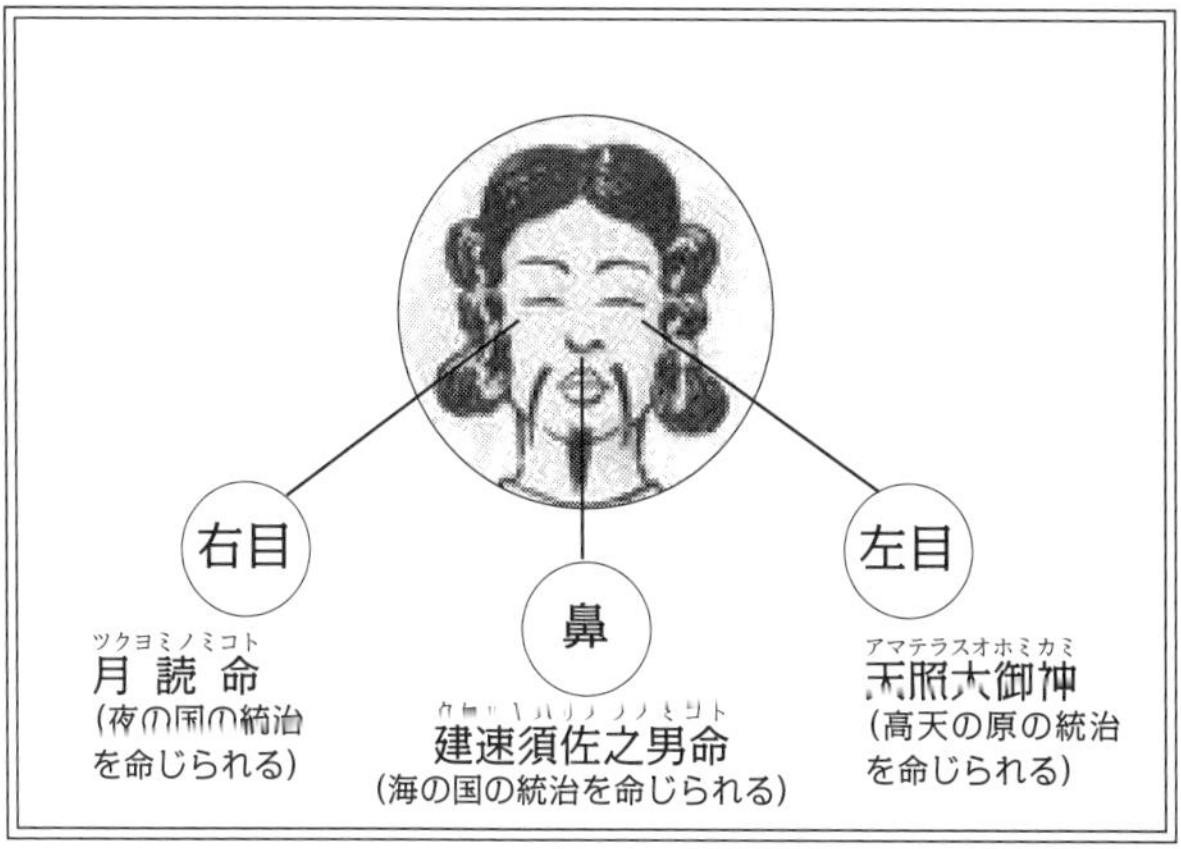


イザナキノミコトの禊ぎの最後に生まれた貴い神々

# 5

天の石屋戸に隠れる

## 天照大御神《アマテラスオホミカミ》、天《あめ》の石屋《いわや》の戸《と》を開《ひら》きて刺《さ》しこもり坐《いま》す

アマテラスが「五柱《いつはしら》の男神は私の珠《たま》から生まれたので私の子、先に生まれた三柱《みはしら》の女神はおまえの剣から生まれたのでおまえの子です」と言うと、スサノヲは「私に邪心がなかったので、私はやさしい女神を成しえたのです。私が誓約《うけい》に勝ったのです」と喜ばしげに言って、勝ちにまかせてアマテラスのつくる田の畔《あぜ》を壊し、田に引く水路の溝を埋め、新穀《しんこく》を召しあがる大嘗祭《だいじょうさい》の御殿に糞《くそ》をしてまわった。

しかしアマテラスはこれをとがめず、「糞のように見えるものは、わが弟が酒に酔って反吐《へど》を吐き散らしたのでしょう。田の畔を壊したり、溝

を埋めたりするのは、稲種をまく土地を増やそうと、あんなことをしたのでしょう」と善意に解釈したが、スサノヲの乱暴はひどくなっていくばかりだった。

天照大御神《アマテラスオホミカミ》、忌服屋《いみはたや》に坐《いま》して神御衣《かむみそ》を織《お》らしめたまふ時《とき》にその服屋《はたや》の頂《むね》を穿《うか》ち、天《あめ》の斑馬《ふちうま》を逆剝《さかは》ぎに剝《は》ぎて堕《おと》し入《い》るる時《とき》に、天《あめ》の服《はた》織《おり》女《め》見《み》驚《おどろ》きて梭《ひ》に陰上《ほと》を衝《つ》きて死《し》ぬ。故《かれ》是《ここ》に、天照大御神《アマテラスオホミカミ》見《み》畏《かしこ》み、天《あめ》の石屋《いわや》の戸《と》を開《ひら》きて刺《さ》しこもり坐《いま》す。

ある日、アマテラスが聖なる服織屋《はたおりや》においでになって、天《あま》つ神に献上するための衣《ころも》を織っているのを眺めていたとき、スサノヲが服織屋の棟《むね》に登って大きな穴をあけると、天《あめ》の斑馬《ぶちうま》を尻のほうから皮を剝《は》いでそれを落とし入れたので、服織女《はたおりめ》はそれを見て驚き、機織《はたお》り具の梭《ひ》（横糸を通す舟形の器具）に陰部を突いて死んでしまった。

さすがのアマテラスもスサノヲの非道ぶりに恐れをなし、天《あめ》の石屋《いわや》の戸を開き、その中にこもってしまった。

---

尓《しか》して高天原《たかまのはら》みな暗《くら》く、葦原中国《あしはらのなかつくに》悉《ことごと》く闇《くら》し。此《これ》に因《よ》りて、常《とこ》夜往《よゆ》く。是《ここ》に万《よろず》の神《かみ》の声《こえ》は、狭蠅《さばえ》なす満《み》ち、万《よろず》の妖《わざわい》悉《ことごと》く発《おこ》りき。是《ここ》を以《も》ち八百《やお》万神《よろずのかみ》、天《あめ》の安《やす》の河原《かわら》に神集《かむつど》ひ集《つど》ひて、高御産《タカミム》

巣日神《スヒノカミ》の子《こ》思金神《オモヒカネノカミ》に思《おも》はしめて、常世《とこよ》の長鳴鳥《ながなきどり》を集《あつ》め鳴《な》かしめて、天《あめ》の安河《やすのかわ》の河上《かわかみ》の天《あめ》の堅石《かたしわ》を取《と》り、天《あめ》の金山《かなやま》の鐵《まがね》を取《と》りて、鍛人《かぬち》天津麻羅《アマツマラ》を求《ま》ぎて、伊斯許理度売命《イシコリドメノミコト》に科《おお》せ、鏡《かがみ》を作《つく》らしめ、玉祖命《タマノオヤノミコト》に科《おお》せ八尺《やさか》の勾璁《まがたま》の五百津《いおつ》のみすまるの珠《たま》を作《つく》らしめ（中略）

この種々《くさぐさ》の物《もの》は、布刀玉命《フトタマノミコト》ふと御幣《みてぐら》と取《と》り持《も》ちて、天児屋命《アメノコヤネノミコト》ふと詔戸言《のりとこと》禱《ほ》き白《まお》して、（67頁につづく）

日の神アマテラスが隠れた高天の原（天上世界）は真っ暗になり、葦原の中つ国（地上世界）も闇に包まれた。夜だけがいつまでもつづいた。そんな暗黒の世界につけこんで、大勢の神々が騒ぐ声は、夏蠅《なつばえ》が湧き騒ぐように満ちひろがり、あらゆるわざわいがいっせいにおこった。

危機を感じた天上の神々は、天《あめ》の安《やす》の河原に集まり、タカミムスヒの子オモヒカネに思案させて、高天の原の長鳴鳥《ながなきどり》を集めていっせいに鳴かせ、天の安の河の川上にある堅い石を金床用《かなどこ》に採り、天《あめ》の金山《かなやま》の鉄を採って、鍛冶《かじ》のアマツマラを呼び寄せて、イシコリドメに命じて大きな鏡をつくらせ、タマノオヤに命じて八尺《やさか》（「大きな」の意）の勾玉《まがたま》を多数つらぬいた数珠《じゅず》をつくらせた。（中略）

これらさまざまのもの（72頁の図を参照）を、フトタマが神前に捧げる品々として捧げ持ち、アメノコヤネが荘重な祝詞《のりと》を唱え、（68頁につづく）

天手力男神《アメノタヂカラヲノカミ》、戸《と》の掖《わき》に隠《かく》り立《た》ちて、天宇受売命《アメノウズメノミコト》、天《あめ》の香山《かぐやま》の天《あめ》の日影《ひかげ》を手次《たすき》に繫《か》けて、天《あめ》の真折《まさき》を縵《かずら》と為《し》て、天《あめ》の香山《かぐやま》の小竹葉《ささば》を手草《たぐさ》に結《ゆ》ひて、天《あめ》の石屋《いわや》の戸《と》にうけ伏《ふ》せて蹈《ふ》みとどろこし、神《かむ》懸《がか》り為《し》て、胷乳《むなち》を掛《か》き出《い》で、裳《も》の緒《お》をほとに忍《お》し垂《た》れき。尓《しか》して高天原《たかまのはら》動《とよ》みて八百万《やおよろず》の神共《かみとも》に咲《わら》ふ。

是《ここ》に天照大御神《アマテラスオホミカミ》恠《あや》しと以為《おも》ほし、天《あめ》の石屋《いわや》の戸《と》を細《ほそ》めに開《ひら》きて内《うち》より告《の》りたまはく、「吾《あ》が隠《こも》り坐《いま》すに因《よ》りて、天《あま》の原《はら》自《おの》づから闇《くら》く、また葦原中国《あしはらのなかつくに》もみな闇《くら》けむと以為《おも》ふを、何《なに》に由《よ》りて天宇受売《アメノウズメ》は楽《あそび》を為《し》、また八百万《やおよろず》の神諸《かみもろもろ》咲《わら》ふ」とのりたまふ。尓《しか》

して天宇受売《アメノウズメ》白言《まお》さく、「汝命《いましみこと》に益《ま》して貴《とうと》き神坐《かみいま》す。故歓喜《かれよろこ》び咲《わら》ひ楽《あそ》ぶ」とまをす。(69頁につづく)

---

アメノタヂカラヲが石屋戸の脇に隠れて立ち、アメノウズメは天の香具山《かぐやま》の日陰縵《ひかげかずら》を襷《たすき》がけにし、真折《まさき》という縵草《かずらぐさ》を髪飾りにし、笹の葉を束ねて手に持ち、戸の前に桶《おけ》を伏せて踏み鳴らして踊った。神がかりして乳房を露《あら》わにし、下衣の紐《ひも》を陰部に垂らして踊るさまに高天の原が鳴り響くほどに八百万《やおよろず》の神々がどっと笑った。

笑い声を聞いたアマテラスは不思議に思い、戸を細めに開けて、「私がこもっているので、天の世界は自然に暗くなり、地上の世界も真っ暗なはずなのに、どうしてアメノウズメが楽しそうに舞い踊り、大勢の神々も笑っているのか」と尋ねた。アメノウズメは、「あなたさまにもまして貴い神がおいでになっていらっしゃるので、それで私どもは喜んで、笑ったり踊ったりしているのでございます」と答えた。

かく言《い》ふ間《あいだ》に、天児屋命《アメノコヤネノミコト》、布刀玉命《フトタマノミコト》、その鏡《かがみ》を指《さ》し出《い》だし、天照大御神《アマテラスオホミカミ》に示《み》せ奉《まつ》る時《とき》に、天照大御神《アマテラスオホミカミ》いよいよ奇《あや》しと思《おも》ほして、やくやく戸《と》より出《い》でて臨《のぞ》み坐《ま》す時《とき》に、その隠《かく》り立《た》てる手力男神《タヂカラヲノカミ》、その御手《みて》を取《と》り引《ひ》き出《い》だしまつるすなはち布刀玉命《フトタマノミコト》、尻久米縄《しりくめなわ》を以《も》ちその御後方《みしりえ》に控《ひ》き度《わた》し白言《まお》さく、「此《これ》より内《うち》に還《かえ》り入《い》るを得《え》じ」とまをす。故《かれ》天照大御神《アマテラスオホミカミ》出《い》で坐《ま》す時《とき》に、高天原《たかまのはら》と葦原中国《あしはらのなかつくに》自《おの》づからえ照《て》り明《あ》かりぬ。

是《ここ》に八百万《やおよろず》の神共《かみとも》に議《はか》りて、速須佐之男命《ハヤスサノヲノミコト》に千位《ちくら》の置戸《おきと》を負《お》ほせ、また鬚《ひげ》と手足《てあし》の爪《つめ》とを切《き》り、祓《はら》へしめて、神《かむ》やらひやらひき。

アメノウズメがこう答えているすきに、アメノコヤネとフトタマが榊につけた大きな鏡を差しだし、アマテラスに見せると、そこには貴い神様の顔が映っていたので、アマテラスはいよいよ不思議に思って、少しずつ戸から身を乗りだした。とそのとき、戸の脇に隠れていたタヂカラヲがアマテラスの手を取って石屋戸の外へと引きだした。すかさずフトタマが注連縄《しめなわ》をアマテラスの後ろのほうに引き渡して、「これでもう石屋の内へはおもどりになれません」といさめた。こうして、アマテラスが石屋戸から現れると、高天の原にも葦原の中つ国にも太陽が輝きわたり、もとの明るさをとりもどした。

そこで八百万の神はふたたび話し合った結果、スサノヲに贖罪《しょくざい》の品を山ほど背負わせ、鬚《ひげ》を切り、手足の爪を抜いて、清めのお祓《はら》いをして高天の原から追放した。

また食物《おしもの》を大気都比売神《オホケツヒメノカミ》に乞《こ》ひたまふ。爾《しか》して大気都比売《オホケツヒメ》、鼻《はな》・口《くち》と尻《しり》より、種々《くさぐさ》の味物《ためつもの》を取《と》り出《い》だして、種々《くさぐさ》作《つく》り具《そな》へて進《たてまつ》る時《とき》に、速須佐之男命《ハヤスサノヲノミコト》、その態《わざ》を立《た》ち伺《うかか》ひて、穢汚《けが》して奉進《たてまつ》ると為《おも》ひ、その大宜津比売神《オホゲツヒメノカミ》（大気都比売神《オホケツヒメノカミ》）を殺《ころ》したまふ。

故殺《かれころ》さえし神《かみ》の身《み》に生《な》れる物《もの》は、頭《かしら》に蚕《こ》生《な》り、二《ふた》つの目《め》に稲種《いなだね》生《な》り、二《ふた》つの耳《みみ》に粟《あわ》生《な》り、鼻《はな》に小豆《あずき》生《な》り、陰《ほと》に麦《むぎ》生《な》り、尻《しり》に大豆《まめ》生《な》る。故是《かれここ》に神産巣日御祖命《カムムスヒノミオヤノミコト》、茲《これ》を取《と》らしめて、種《たね》と成《な》したまふ。

天上世界を追われたスサノヲは下界へ下《くだ》り、オホゲツヒメに食べ物を求めた。

そこでオホゲツヒメは、鼻・口と尻からいろいろな食べ物を取りだしてさまざまに料理してさしあげたとき、スサノヲはその様子をひそかにのぞき見して、穢《けが》して進上するにちがいないと思い、オホゲツヒメを殺してしまった。

すると殺されたオホゲツヒメのからだから物が生じた。頭には蚕《かいこ》が、二つの目には稲の種《たね》が、二つの耳には粟《あわ》が、鼻には小豆《あずき》が、陰部《ほと》には麦が、尻には大豆《まめ》が生じた。そこでカムムスヒノミオヤノミコトがこれら五穀《ごこく》を集めさせて種とした。

**アマテラスを天の石屋から誘いだすのに用いられたもの**

**長《なが》鳴《なき》鳥《どり》**

(光を呼ぶ鳴き声が悪神・悪霊を恐れさせて追い払う)

**八咫《やた》の鏡《かがみ》**

(映るものの魂を呼び込む)

**八尺《やさか》の勾玉《まがたま》**

(勾玉を多数つらぬいて珠とした)

**真《ま》榊《さかき》**

(鏡と勾玉をとりつけた真榊を御幣〈ごへい〉とした)

**牡鹿の肩胛骨《けんこうこつ》**

(この骨を焼いて占いをさせた)

この「天の石屋戸隠れ」は『古事記』のなかでも有名な場面です。日の神、つまり太陽が隠れてしまうと大変なことになるのを象徴する物語です。日食《にっしょく》などで昼間に太陽が隠れて暗くなるという経験をふまえていると思われます。

この場面で面白いのは、太陽の光（アマテラス）をとりもどすためにどうしたらいいか、あれこれ算段《さんだん》するところです。

ここで主役を演じるのが芸能の神アメノウズメです。半裸で踊って神々の爆笑を誘う。アマテラスは、自分はそこにいないから真っ暗なはずなのに、みんな楽しそうに笑っているので自分なしでもやっていけるのではないかと不安になる。そして、あなたよりもっと素晴らしい神がいると告げられて、アマテラスは思わず身を乗りだしてしまう……。

神々というのは畏《おそ》れおののくだけの対象ではありません。みんなで遊んで笑うことが『古事記』の神話世界を明るくしています。

ニーチェの『ツァラトゥストラはかく語りき』に、「わたしが神を信じるなら、踊ることを知っている神だけを信じるだろう」という言葉が出てきます。

ツァラトゥストラはゾロアスター教の神（開祖《かいそ》）で、もっと大声で笑うことを学び、覚えなさいと言います。私たちが生きていることを肯定して喜ぶ、その姿こそが重要で、そこに神が宿る。神が人間から笑いや遊びを奪い去って、陰鬱《いんうつ》な気持ちにさせるのでは意味がないというのです。

以前に朝日新聞社主催の小中学生のダンスコンテストの審査員をしたことがありますが、彼ら彼女らが踊っている姿は、一心不乱で本当に楽しそうでした。からだが生き生きして、表情も晴れやかでした。

踊りは生命力の発露《はつろ》であり、踊るほうもそれを見ているほうも自然に笑顔になります。『古事記』の世界を明るくしている裸踊りは神々の話ですが、人間の本質をも表しています。

アマテラスを誘いだすのに、鏡や勾玉《まがたま》などさまざまの小道具が用いられます。72頁の図にその道具立てを挙げてみました。

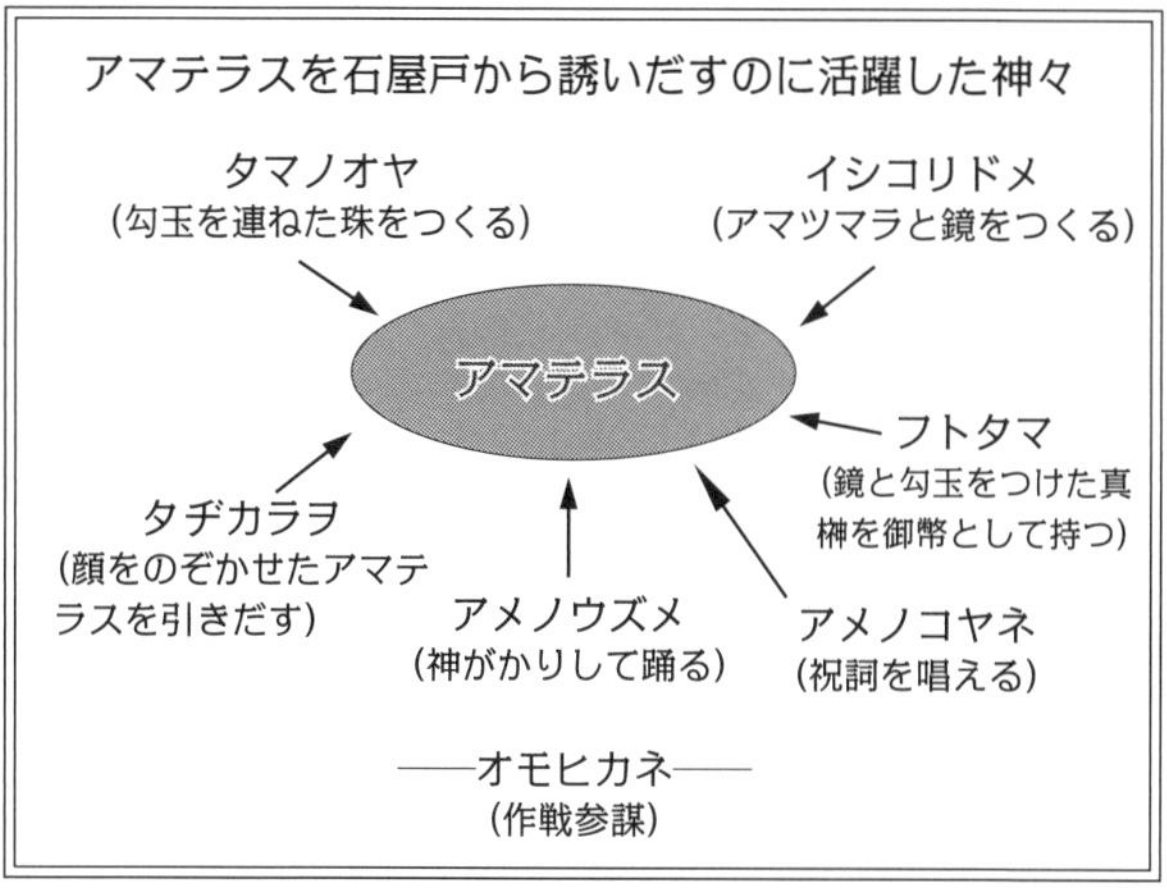

アマテラスを石屋戸から誘いだすのに活躍した神々

鏡は本質を映しだすもの、玉《ぎょく》は尊いものというように、古代の人たちは、捧げものや儀式によって、自分たちにはコントロールしきれない自然の猛威を鎮《しず》めたいという思いもあって、そうした道具や儀式が発達したと考えられています。

## 6　スサノヲ、ヤマタノオロチを退治する
## 十拳《とつか》の剱《つるぎ》を抜《ぬ》き、その蛇《おろち》を切《き》り散《ほう》りたまひし

故避《かれやら》ひ追《お》はえて、出雲国《いずものくに》の肥河上《ひのかわかみ》、名《な》は鳥髪《とりかみ》といふ地《ところ》に降《くだ》りましき。この時《とき》に、箸《はし》その河《かわ》より流《なが》れ下《くだ》る。是《ここ》に須佐之男命《スサノヲノミコト》、人《ひと》その河上《かわかみ》に有《あ》りと以為《おも》ほして、尋覓《と》め上《のぼ》り往《い》でまししかば、老夫《おきな》と老女《おみな》と二人《ふたり》在《あ》りて、童女《おとめ》を中《なか》に置《お》きて泣《な》く。（中略）
「汝《な》が哭《な》く由《ゆえ》は何《なに》ぞ」ととひたまふ。答《こた》へ白言《まお》さく、「我《わ》が女《むすめ》は本《もと》より八《やたり》の稚女《おとめ》在《あ》り。是《こ》の、高志《こし》の八俣《やまた》のをろち、年毎《としごと》に来《き》て喫《く》

ふ。今《いま》そが来《く》べき時《とき》なり。故《かれ》泣《な》く」とまをす。

---

高天の原を追われたスサノヲは、出雲の国の肥《ひ》の河（斐伊《ひい》川）の上流、鳥髪《とりかみ》というところに降り立った。このとき、川上から箸《はし》が流れてくるのを見たスサノヲは、川の上流に人が住んでいると思い、家を尋ね求めて川をさかのぼっていったところ、娘をあいだに泣き悲しむ老夫婦に出会った。（この翁《おきな》は名をアシナヅチといい、妻はテナヅチ、娘はクシナダヒメといった）。（中略）

スサノヲが、「おまえはどういうわけで泣いているのか」と尋ねると、「私の娘は八人いましたが、高志《こし》（北陸の越国《こしのくに》とも、現在の出雲市古志《こし》町あたりとも）に棲《す》む八俣《やまた》の大蛇《おろち》が毎年襲ってきては娘を一人ずつ食《く》らい、もはや残っているのはこの娘一人だけとなりました。今年も現れる時期になったので、泣き悲しんでいます」と答えた。

爾《しか》して問《と》ひたまはく、「その形《かたち》はいかに」ととひたまふ。答《こた》へ白《まお》さく、「彼《そ》の目《め》は赤《あか》かがちの如《ごと》くして身《み》一《ひと》つに八《や》頭《かしら》・八《や》尾《お》有《あ》り。またその身《み》に蘿《ひかげ》と檜《ひ》椙《すぎ》と生《お》ひ、その長《たけ》は谿《たに》八《や》谷《たに》・峡《お》八《や》尾《お》に度《わた》りて、その腹《はら》を見《み》れば、悉《ことごと》く常《つね》に血《ち》に爛《ただ》れたり」とまをす。

爾《しか》して速須佐之男命《ハヤスサノヲノミコト》、その老夫《おきな》に詔《の》りたまはく、「是《こ》の汝《な》が女《むすめ》は、吾《あれ》に奉《まつ》らむや」とのりたまふ。答《こた》へ白《まお》さく、「恐《かしこ》し。また御《み》名《な》を覚《さと》らず」とまをす。

爾《しか》して答《こた》へ詔《の》りたまはく、「吾《あれ》は天照大御神《アマテラスオホミカミ》のいろせぞ。故《かれ》、今《いま》天《あめ》より降《くだ》り坐《ま》しぬ」とのりたまふ。

爾《しか》して足名椎《アシナヅチ》・手名椎《テナヅチ》の神《かみ》白《まお》さく、「然坐《しかいま》さば恐《かしこ》し、立奉《たてまつ》らむ」とまをす。

つづけて、「そのオロチはどんな形をしているのか」と尋ねると、「オロチの目は酸漿《ほおずき》のように真っ赤で、一つの胴体に八つの頭と八つの尾があり、からだには日陰縵《ひかげかずら》と檜《ひのき》・杉が生えて、長さは八つの谷と八つの峰を這いわたるほどで、腹は一面、血がにじんで爛《ただ》れております」とアシナヅチは答えた。

そこでスサノヲがアシナヅチに、「おまえの娘を私の妻にくれないか」と言うと、「恐れ多いことでございますが、お名前を存じませんので」と答えた。

スサノヲは答えて、「私はアマテラスオホミカミの同母弟《いろせ》である。わけあって、今、天上から降《くだ》ってきたところだ」と言った。

そこでアシナヅチとテナヅチが、「さようなお方でいらっしゃるとは恐れ多いことです。娘を差しあげましょう」と答えた。

　爾《しか》して速須佐之男命《ハヤスサノヲノミコト》、湯津爪櫛《ゆつつまくし》にその童女《おとめ》を取《と》り成《な》して、御《み》づらに刺《さ》さし、その足名椎《アシナヅチ》・手名椎《テナヅチ》の神《かみ》に告《の》りたまはく、「汝等《なれども》、八塩折《やしおおり》の酒《さけ》を醸《か》み、また垣《かき》を作《つく》り廻《もとお》し、その垣《かき》に八門《やかど》を作《つく》り、門《かど》毎《ごと》に八《や》さずきを結《ゆ》ひ、そのさずき毎《ごと》に酒船《さかふね》を置《お》きて、船毎《ふねごと》にその八塩折《やしおおり》の酒《さけ》を成《も》りて待《ま》て」とのりたまふ。

　故《かれ》告《の》りたまへるまにまにして、かく設《ま》け備《そな》へ待《ま》つ時《とき》に、その八《や》俣《また》のをろち、信《まこと》に言《こと》の如《ごと》く来《き》ぬ。船毎《ふねごと》に己《おの》が頭《かしら》を垂《た》れ入《い》れ、その酒《さけ》を飲《の》む。是《ここ》に飲《の》み酔《え》ひ留《とど》まり伏《ふ》し寝《い》ぬ。

　爾《しか》して速須佐之男命《ハヤスサノヲノミコト》、その御佩《みはか》せる十拳《とつか》の釼《つるぎ》を抜《ぬ》き、その蛇《おろち》を

**切《き》り散《はう》りたまひしかば、肥河《ひのかは》血《ち》に変《な》りて流《なが》る。故《かれ》その中《なか》の尾《お》を切《き》りたまふ時《とき》に、御刀《みはかし》の刃《は》毀《か》けぬ。**

---

そこでスサノヲはクシナダヒメを目のこまかい聖なる櫛に変身させ、自分の髪に挿してアシナヅチとテナヅチに指示した。「くり返し醸造して強い酒を造り、家に垣をめぐらし、その垣に八つの入り口を設け、その入り口ごとに仮の棚を設け、棚に酒の器を置き、器にその強い酒を盛って待つがよい」

二人はそのとおりに準備して待つと、アシナヅチが話したとおり八俣の大蛇（ヤマタノオロチ）がやってきた。酒好きのオロチは八つの器に八つの頭を突っ込み酒をがぶ飲みしたあげく、酔っぱらって長々と寝こんでしまった。

すかさず、スサノヲは腰に帯びた長剣を引き抜くや、オロチをずたずたに切り裂いたところ、肥の河はみるみる真っ赤な流れに変わった。そして八つの尾の中ほどの尾を切り裂いたとき、剣の刃がこぼれた。

尓《しか》して恠《あや》しと思《おも》ほし、御刀《みはかし》の前《さき》以《も》ち刺《さ》し割《さ》きて見《み》そこなはせば、都牟羽《つむは》の大刀《たち》在《あ》り。故《かれ》この大刀《たち》を取《と》り、異《け》しき物《もの》と思《おも》ほして、天照大御神《アマテラスオホミカミ》に白《まお》し上《たてまつ》りたまふ。是《これ》は草那芸之大刀《くさなぎのたち》なり。故是《かれここ》を以《も》ちその速須佐之男命《ハヤスサノヲノミコト》、宮《みや》を造作《つく》るべき地《ところ》を出雲国《いずものくに》に求《ま》ぎたまふ。尓《しか》して須賀《すが》の地《ところ》に到《いた》り坐《ま》して詔《の》りたまはく、「吾《あれ》此地《ここ》に来《き》、我《あ》が御心《みこころ》すがすがし」とのりたまひて、其地《そこ》に宮《みや》を作《つく》り坐《いま》す。故《かれ》其地《そこ》は今《いま》に須賀《すが》と云《い》ふ。茲《こ》の大神《おおかみ》、初《はじ》め須賀《すが》の宮《みや》を作《つく》らしし時《とき》に、其地《そこ》より雲立《くもた》ち騰《のぼ》る。尓《しか》して御歌作《みうたつく》りたまふ。その歌《うた》に曰《いわ》く、

八雲立《やくもた》つ　出雲八重垣《いずもやえがき》

## 妻籠《つまご》みに　八重垣《やえがき》作《つく》る
## その八重垣《やえがき》を

そこで怪しく思って剣の切っ先で裂いてのぞくと、鋭い大刀《たち》が出てきた。尋常《じんじょう》の大刀ではないと察してアマテラスに事情を説明して献上した。草薙《くさなぎ》の大刀（草薙の剣《つるぎ》）である。さて、スサノヲはクシナダヒメと住む宮殿を建てるのにふさわしい土地を出雲の国に探した。須賀《すが》というところに来たとき、「ここに来たら私の心はじつにすがすがしくなった」と気に入り、そこに宮殿を造った。それでこの地を須賀という。スサノヲが須賀の宮を造ったとき、そこから大雲がわき起こった。それを見て歌う。

「巨大な雲がむらがり立つ出雲の国よ、雲は幾重にもめぐり、大垣を造っている。愛する妻を住まわせる宮殿の八重垣のようにみごとな雲の八重垣だ」

スサノヲが大蛇ヤマタノオロチを酒に酔わせて退治し、生《い》け贄《にえ》にされようとしたクシナダヒメを救い、大蛇のからだから草薙《くさなぎ》の剣《つるぎ》（三種の神器の一つ）が出てくるという話です。

出雲の国の肥《ひ》の河（斐伊川《ひいかわ》）は大蛇のように蛇行して宍道湖《しんじこ》に注いでいます。オロチの八つの頭と八つの尾はこの川に数多い支流や分流を表している。毎年娘がさらわれるのは斐伊川が大雨のたびに氾濫《はんらん》する暴れ川であることを象徴しています。

スサノヲがオロチを退治して娘の命を救ったというのは、斐伊川という暴れ川を鎮《しず》めた。つまり、治水《ちすい》・灌漑《かんがい》を表現したものと考えられる、という説があります。

農耕民族にとって治水・灌漑はとりわけ重要なものです。氾濫からのがれるには川から遠く離れればいいわけですが、そうすると土地が肥沃《ひよく》でなくなる。ですから、川が流れている平野部での氾濫をどう治めるかは、統治する者の腕の見せどころでもあったわけです。それを大蛇を退治するという形で表現したというのは、なかなか説得力のある解釈だと思います。

斐伊川の上流は、日本有数の砂鉄の産地だったそうで、草薙の剣は出雲の国の古代製鉄文化を象徴するという説があります。オロチの腹が血でただれているのは、砂鉄で川が赤茶色に濁《にご》った様子を表しているとも言われます。

草薙の剣が鉄製であったか青銅製であったか、はっきりしていませんが、この地で古くから製鉄がおこなわれていたことは、八世紀の初め（七三三年）に編まれた『出雲国風土記《いずものくにふどき》』にも書かれています。

さて、スサノヲはクシナダヒメと住む宮殿を、出雲の国の須賀《すが》（島根県雲南市の須賀神社に比定される）というところに造り、「**八雲立《やくもた》つ　出雲八重垣《いずもやえがき》妻籠《つまご》みに　八重垣作《やえがきつく》る　その八重垣《やえがき》を**」と詠《うた》います。日本最古の歌謡が妻へのラブソングというのも興味深いところです。

歌は男女の心情・愛情を表現するのが古来からの王道とわかると、Jポップにこんなにもラブソングが多いのも不思議ではなくなります。

「須賀」という地名は、オロチを退治して出雲の国にやってきたら、とてもすがすがしい気分にさせてくれる土地があったので須賀と名づけたとあります。

ここで注目したいのは、須賀が当て字なことです。大和《やまと》ことばの本質は漢字ではなく音《おん》にあります。「すがすがしい」という気分、心の状態を表す音に漢字を当てはめた。「言霊《ことだま》」、言葉にこめられた感情や心情を理解するには、漢字表記にひきずられてはならないことがわかります。

ところで、出雲の神々の系譜と伊勢の神々の系譜（大和朝廷の系譜）をどう関係づけるかは大きな問題でした。

『古事記』では、天つ神でありながら国つ神とも言えるスサノヲがオロチを退治して出雲に住み、その六代のちがオホクニヌシ。そして、スサノヲの姉の天つ神アマテラスに献上された三種の神器（天の石屋戸隠れのさいに献上された鏡と勾玉《まがたま》、スサノヲから献上された草薙の剣）が孫のニニギノミコトに授けられ、さらに初代神武天皇以降に引き継がれていきます。

こうして二つの系譜が関係づけられることになります。

# 7

## オホクニヌシ、因幡の白兎を助ける

## 輾《こ》い転《まろ》ばば、汝《な》が身《み》、本《もと》の膚《はだ》の如《ごと》く、かならず差《い》えむ

それから代を重ね、スサノヲの七世の子孫として、アメノフユキヌとサシクニワカヒメとのあいだにオホアナムヂ（オホクニヌシ）が生まれた。オホアナムヂには大勢の兄弟神がいたが、彼らはみな国をオホアナムヂに譲った。そのわけは、稲羽《いなば》（因幡）のヤカミヒメと結婚したいがためである。みなで稲羽へ求婚の旅に出かけたとき、オホアナムヂに旅行用の大きな袋を担《かつ》がせて従者として連れて行った。

是《こ》に気多《けた》の前《さき》に到《いた》る時《とき》に、裸《あかはだ》の兎《うさぎ》伏《ふ》せり。

尓《しか》して八十神《やそかみ》その兎《うさぎ》に謂《い》ひて云《い》はく、「汝為《なれせ》むは、この海塩《うしお》を浴《あ》み、風《かぜ》の吹《ふ》くに当《あ》たりて、高山《たかやま》の尾《お》の上《え》に伏《ふ》せれ」といふ。故《かれ》その兎《うさぎ》、八十神《やそかみ》の教《おし》へに従《したが》ひて伏《ふ》す。

尓《しか》してその塩《しお》の乾《かわ》くまにまに、その身《み》の皮《かわ》悉《ことごと》くに風《かぜ》に吹《ふ》き折《さ》かえつ。

故《かれ》痛《いた》苦《いた》み泣《な》き伏《ふ》せれば、最後《いやはて》に来《き》ませる大穴牟遅神《オホアナムヂノカミ》、その兎《うさぎ》を見《み》て言《い》はく、「何《なに》の由《ゆえ》に汝《なれ》泣《な》き伏《ふ》せる」といふ。

こうして気多《けた》の岬（鳥取市北東）に着いたとき、毛をむしり取られた赤裸《あかはだか》の兎《うさぎ》が横たわっていた。

これを見た兄弟神は兎に「海水を浴びて、風に吹かれながら、高い山の尾根に寝ていれば治る」と教えた。兎はその教えのとおりに高い山の尾根で横になっていた。

すると潮水が乾くにつれて風に吹かれた皮膚は乾燥してひび割れ、塩分が傷にしみた。

激しい痛みに兎は泣き伏していた。そこへ最後にやってきたオホアナムヂがその兎を見て「どうしてそんな姿で泣き伏しているのか」と尋ねた。

兎答《うさぎこた》へ言《まお》さく、「僕《やつかれ》、淤岐嶋《おきのしま》に在《あ》り。此地《ここ》に度《わた》らむと欲《おも》へども、度《わた》らむ因《よし》無《な》し。故《かれ》海《うみ》のわにを欺《あざむ》きて言《い》はく、『吾《われ》と汝《な》と競《きお》ひ、族《うがら》の多《おお》き少《すくな》きを計《はか》らむと欲《おも》ふ。故《かれ》汝《な》はその族《うがら》の在《あ》りのままに悉《ことごと》く率《い》て来《き》、この嶋《しま》より気多《けた》の前《さき》に至《いた》るまで、みな列《な》み伏《ふ》し度《わた》れ。尓《しか》して吾《あれ》その上《うえ》を蹈《ふ》み走《はし》りつつ読《よ》み度《わた》らむ。是《ここ》に吾《あ》が族《うがら》といづれか多《おお》きを知《し》らむ』といふ。

かく言《い》ひしかば、欺《あざむ》かえて列《な》み伏《ふ》せる時《とき》に、吾《あれ》その上《うえ》を蹈《ふ》み読《よ》み度《わた》り来《き》、今地《いまつち》に下《お》りむとする時《とき》に、吾云《あれい》はく、『汝《な》は我《あれ》に欺《あざむ》かえつ』と言《い》ひ竟《お》はるすなはち最端《いやはて》に伏《ふ》せるわに、我《あれ》を捕《と》らへ、

悉《ことごと》く我《あ》が衣服《きもの》を剝《は》ぐ。（92頁につづく）

兎は「私は淤岐《おき》の島（隠岐島）に棲《す》んでいて、本土に渡りたいと憧《あこが》れながら、海を渡る方法がありませんでした。そこで海のワニ（ワニザメ）をだまして、『私とおまえと競争して、どっちの一族が多いか少ないか数えてみないか。おまえは自分の一族を連れてきて、この島から気多の岬まで、みんなをずらりとうつ伏せに並べてくれ。私がその上を踏んで、走りながら声に出して数えて渡ろう。そうすれば、私の一族とおまえの一族と、どちらが多いかわかるだろう』と誘いました。

こう言うと、ワニザメはすっかりだまされてうつ伏せに並んだので、私はその上を踏んで数え渡ってきて、今まさに地面に下りようとするとき、私が『おまえは私にだまされたのだ』と言い終わるやいなや、いちばん最後に伏せていたワニザメが私を捕まえて着物（毛皮）をすっかり剝ぎ取ってしまったのです。（93頁につづく）

此《これ》に因《よ》りて泣《な》き患《うれ》ふれば、先《さき》に行《ゆ》きし八十神《やそかみ》の命《みこと》以《も》ち誨《おし》へ告《の》りたまはく、『海塩《うしお》を浴《あ》み、風《かぜ》に当《あ》たり伏《ふ》せれ』とのりたまふ。故《かれ》教《おし》への如《ごと》く為《せ》しかば、我《あ》が身《み》悉《ことごと》く傷《そこな》はえぬ」とまをす。

是《ここ》に大穴牟遅神《オホアナムヂノカミ》、その兎《うさぎ》に教《おし》へて告《の》りたまはく、「今急《いますみや》かにこの水門《みなと》に往《ゆ》き、水《みず》を以《も》ち汝《な》が身《み》を洗《あら》ひ、その水門《みなと》の蒲《かま》の黄《はな》を取《と》り、敷《し》き散《ち》らして、その上《うえ》に輾《こ》い転《まろ》ばば、**汝《な》が身《み》、本《もと》の膚《はだ》の如《ごと》く、かならず差《い》えむ**」とのりたまふ。故教《かれおし》への如《ごと》く為《せ》しかば、その身《み》、本《もと》の如《ごと》し。これ稲羽《いなば》の素兎《しろうさぎ》ぞ。今《いま》には兎神《うさぎかみ》と謂《い》ふ。故《かれ》その兎《うさぎ》、大穴牟遅神《オホアナムヂノカミ》に白《まお》さく、「この八十神《やそかみ》は、かならず八上比売《ヤカミヒメ》を得《え》じ。

帒《ふくろ》を負《お》ひたまへども、汝命《いましみこと》獲《え》たまはむ」とまをす。

---

このようなわけで泣き悲しんでいたところ、あなたよりも先に行った大勢の神々が『海水を浴びて風に当たって横になっていれば治る』と教えてくれましたので、そのとおりにしたところ、私のからだは傷だらけになってしまいました」と訴えた。

そこでオホアナムヂは「すぐに河口に行って真水で体を洗い、河口の蒲《がま》の花粉を敷き散らし、その上に寝転がればもとの膚《はだ》にもどる」と教えた。教えのとおりにしたところ、兎のからだはもとどおりになった。これが稲羽《いなば》（因幡）の素兎《しろうさぎ》（白兎）である。今では兎神《うさぎがみ》といっている。白兎はオホアナムヂに、「ご兄弟の神々はヤカミヒメを妻にすることはできないでしょう。袋を担《かつ》いでみすぼらしくとも、ヤカミヒメを妻にできるのはあなた以外にいません」と予言した。

よく知られる稲羽《いなば》の素兎《しろうさぎ》（因幡の白兎）の物語です。

兄弟の神たちが意地悪をして兎に嘘を教えて肌をひりひりさせてしまったのに、末弟のオホアナムヂは泣いて苦しむ兎を優しく手助けする。この物語の主役オホアナムヂ、のちに出雲神話のヒーローとなるオホクニヌシがとても心優しい神であったところがポイントになっています。

鳥取市に「稲羽の素兎」の舞台になったとされる白兎《はくと》海岸があります。その目と鼻の先に淤岐《おき》の島という小さな岩が浮かんでいます。しかし、『古事記』に出てくる淤岐の島は、もっとはるか沖の隠岐島《おきのしま》ではないかと言われています。鎌倉幕府に反旗を翻《ひるがえ》した後鳥羽上皇《ごとばじょうこう》や後醍醐《ごだいご》天皇が流刑《るけい》になった島としても知られています。

この当時、海を渡ることは困難をともなうことだったにもかかわらず、隠岐島に住んでいた兎は一計を案じて、ずらっと並んだワニザメの背中を踏んで渡ってしまう。ところが、渡りおえるそのときに最後のワニザメに復讐されて皮を剝がされ、そのあと肌がひりひりしてひどい目にあう。この痛さに泣くところは子どもの身体感覚に訴える場面です。

「稲羽の素兎」に類似した神話がアジアの各地にあります。

インドネシアのスマトラ島には、子鹿がワニをだまして一列に並ばせ対岸に渡るという神話、ニューギニアには、猿が海岸に寝ているワニをだまして一列に並ばせるという神話、インドのパンジャブ地方には、ジャッカルがワニの令嬢をおだてて河を渡してもらうという神話。

これら南方の神話に共通するのが、ワニを利用してとんとんと渡っていくところです。おそらく神話がいろいろな地方に伝承されるときに、土地土地で変化はしたけれども、日本に伝わったとき「ワニ」は元のまま残っていたのではないでしょうか。

日本にはワニはいなかったとされますが、近年になってワニの化石が各地で発見されています。ただ、能登半島から西の地域では「サメ」を「ワニ」と呼ぶことから、サメの一種とも考えられていますし、海神の姿そのものを「ワニ」と呼んでいたという説もあり、はっきりしていません。この本ではサメの別称であるワニザメとしました。

『古事記』を読むことは日本の起源をたどることになりますが、そこからさらにたどっていくと、『古事記』に現れるエピソードがじつは世界中のエピソードの寄せ集めでできていることがわかってきます。

中国大陸の物語、インドの物語、あるいはギリシャ神話ともつながっているというふうに、日本の元をたどっていくと、じつは世界中とつながっていたというところが面白いところです。

日本人の起源について書かれた本によると、日本人は遺伝子的にものすごく多様な民族だそうです。日本は単一民族国家と言われますが、遺伝子的には日本人は寄せ集めの民族なわけです。

「稲羽の素兎」に類似した神話がアジアを中心にさまざまあることを考えると、『古事記』にそうした日本人の多様性や世界的なつながりを示す物語が含まれているのも当然のことと言えます。

# 8

## オホクニヌシ、四つの試練に耐える

# 逃《に》げ出《い》でます時《とき》に、天《あめ》の沼琴樹《ぬごとき》に払《ふ》れて地動《つちとよ》み鳴《な》りき

白兎の予言どおりヤカミヒメは兄弟神の求婚を断り、末弟のオホアナムヂ（オホクニヌシ）との結婚を宣言。

激怒した兄弟神はオホアナムヂを殺すも、母サシクニワカヒメが現れて生き返る。木の国（紀国《きのくに》）に逃れるも突きとめられ、根の堅州《かたす》の国《くに》に逃れてスサノヲの宮殿におもむく。

そこでスサノヲの娘スセリドメと出会う。

爾《しか》してその大神出《おおかみい》で見《み》て、告《の》りたまはく、「此《こ》は葦原色許男命《アシハラシコヲノミコト》と謂《い》ふぞ」とのりたまふ。喚《よ》び入《い》れて、その蛇《へみ》の室《むろ》に寝《ね》しめたまふ。是《ここ》にその妻須勢理毗売命《めスセリビメノミコト》、蛇《へみ》のひれを以《も》ち、その夫《お》に授《さず》けて云《い》はく、「その蛇咋《へみく》はむには、このひれを以《も》ち三《み》たび挙《ふ》り打《う》ち撥《はら》ひたまへ」といふ。故教《かれおし》への如《ごと》くせしかば、蛇自《へみおの》づから静《しず》まりぬ。（中略）また来《く》る日《ひ》の夜《よ》は、呉公《むかで》と蜂《はち》との室《むろ》に入《い》れたまふ。また呉公《むかで》と蜂《はち》のひれを授《さず》け、教《おし》ふること先《さき》の如《ごと》し。故安《かれやす》く出《い》でましつ。

そこで、スセリビメから立派な神が来ていると告げられたスサノヲは、「これはアシハラシコヲノミコト（オホクニヌシノミコト）という神だ」と言って、蛇がはいまわる室《むろ》に呼び入れて寝かせたが、「蛇が噛《か》みつこうとしたら、この領巾《ひれ》（呪術《じゅじゅつ》に用いる布）を三度振って打ち払いなさい」とスセリビメに与えられた領巾をオホアナムヂ（オホクニヌシ）が教えのとおりに使うと、蛇は自然と鎮《しず》まった。（中略）また、次の日の夜には、ムカデとハチの室に寝かされたが、このときもスセリビメから与えられたムカデとハチの領巾を使うと、オホアナムヂは無事に室から出てくることができた。

---

また鳴鏑《なりかぶら》を大野《おおの》の中《なか》に射入《いい》れ、その矢《や》を採《と》らしめたまふ。故《かれ》その野《の》に入《い》ります時《とき》に、火《ひ》を以《も》ちその野《の》を廻《もとお》し焼《や》く。是《ここ》に出《い》でむ所《ところ》を知《し》らさぬ間《あいだ》に、鼠来《ねずみき》て云《い》はく、「内《うち》はほらほら、外《と》はすぶすぶ」と、かく言《い》ふ。故其処《かれそこ》を踏《ふ》めば、落《お》ち隠《かく》り入《い》りし間《あいだ》に、火《ひ》は

焼《や》け過《す》ぎぬ。（中略）

その妻《め》須勢理毘売《スセリビメ》は、喪《も》の具《もの》を持《も》ちて哭《な》き来《く》。その父《ちち》の大神《おおかみ》は、すでに死《し》にきと思《おも》ほし、その野《の》に出《い》で立《た》たす。尓《しか》してその矢《や》を持《も》ちて奉《まつ》る時《とき》に、家《いえ》に率《い》入《い》りて、八田間《やたま》の大室《おおむろ》に喚《よ》び入《い》れて、その頭《かしら》の虱《しらみ》を取《と》らしめたまふ。

故尓《かれしか》してその頭《かしら》を見《み》れば、呉公《むかで》多《さわ》に在《あ》り。是《ここ》にその妻《め》、むくの木《こ》の実《み》と赤土《はに》とを取《と》り、その夫《お》に授《さず》く。

さらにスサノヲは、うなりをあげて飛ぶ矢を広い野に放ち、その矢をオホアナムヂに取りに行かせたときに野に火を放ち、いたるところ焼きめぐらした。どこから逃げたらいいかわからないでいると、ネズミが来て、「内はほらほら、外はすぶすぶ（内側はぽっかりあいていて、外側はきゅっとすぼまっている）」と言った。そこで茅原の足もとを踏んだところ洞穴《ほらあな》に落ちて、火はその上を焼け通りすぎた。（中略）

スセリビメは夫オホアナムヂが焼け死んだものと思って、葬儀の道具を持って大声で泣きながら野に来た。父スサノヲもオホアナムヂが死んだものと思い、火のくすぶっている大野に出た。そこへオホアナムヂが矢を持参して奉ったので、スサノヲはオホアナムヂを家に連れていき、柱のたくさんある大きな室《むろ》に呼び入れ、頭のシラミを取らせた。

スサノヲの頭を見ると、シラミではなくムカデがたくさんいた。するとスセリビメが、椋《むく》の木の実と赤土を採ってきてオホアナムヂに与えた。

故《かれ》その木《こ》の実《み》を咋《く》ひ破《やぶ》り、赤土《はに》を含《ふふ》み唾《つわ》き出《い》だせば、その大神《おおかみ》、呉公《むかで》を咋《く》ひ破《やぶ》り唾《つわ》き出《い》だすと以為《おも》ほして、心《こころ》に愛《は》しと思《おも》ひて寝《いね》ます。

尓《しか》してその神《かみ》の髪《かみ》を握《と》り、その室《むろ》の椽毎《たりきごと》に結《ゆ》ひ着《つ》けて、五百引《いおびき》の石《いわ》を、その室《むろ》の戸《と》に取《と》り塞《さ》へ、その妻《め》須勢理毗売《スセリビメ》を負《お》ふ。

その大神《おおかみ》の生大刀《いくたち》と生弓矢《いくゆみや》とその天《あめ》の沼琴《ぬごと》を取《と》り持《も》ちて、**逃《に》げ出《い》でます時《とき》に、その天《あめ》の沼琴樹《ぬごとき》に払《ふ》れて地動《つちとよ》み鳴《な》りき。**

故《かれ》その寝《いね》ませる大神《おおかみ》、聞《き》き驚《おどろ》かして、その室《むろ》を引《ひ》き仆《たお》したまふ。

然《しか》あれども椽《たりき》に結《ゆ》へる髪《かみ》を解《と》かす間《あいだ》に遠《とお》く逃《に》げたまふ。

オホアナムヂは椋の実の黄褐色の皮をかじり砕き、一緒に赤土を口に含んで唾として吐きだしたところ、スサノヲはムカデをかじり砕いて吐きだしているものと思い、心にかわいいやつだと思って寝てしまった。

するとオホアナムヂは、スサノヲの髪の毛をつかんで、室の棟から軒《のき》へ幾本も下ろしてある椽《たるき》ごとに結わえつけ、五百人力でやっと引ける大岩を室の入り口に持ってきてふさぎ、スセリビメを背負った。

そして、スサノヲが持っていた生きているかのように生命力にあふれた大刀と弓矢、さらに天《あめ》の沼琴《ぬごと》（祝琴《のりごと》＝神を呼ぶための祭祀用具）をオホアナムヂが持って逃げ出すときに、天の沼琴が樹に触れて大地が揺れ動かんばかりに鳴り響いた。

寝ていたスサノヲはそれを聞いて驚いて目をさまし、室を引き倒したが、椽に結いつけられた髪をスサノヲが解いているあいだにオホアナムヂは遠くへ逃げた。

故爾《かれしか》して黄泉比良坂《よもつひらさか》に追《お》ひ至《いた》り、遥《はる》かに望《みさ》け呼《よ》ばひ、大穴牟遅神《オホアナムヂノカミ》に謂《い》ひて曰《いわ》く、「その汝《な》が持《も》てる生大刀《いくたち》・生弓矢《いくゆみや》以《も》ちて汝《な》が庶兄弟《ままえおと》は、坂《さか》の御尾《みお》に追《お》ひ伏《ふ》せ、また河《かわ》の瀬《せ》に追《お》ひ撥《はら》ひて、おれ大国主神《オホクニヌシノカミ》と為《な》り、また宇都志国主神《ウツシクニヌシノカミ》と為《な》りて、その我《あ》が女《むすめ》須勢理毗売《スセリビメ》を適妻《むかいめ》と為《し》て、宇迦能山《うかのやま》の山本《やまもと》に、底津石根《そこついわね》に宮柱《みやはしら》ふとしり、高天原《たかまのはら》に氷椽《ひぎ》たかしりて居《お》れ、是《こ》の奴《やっこ》」といふ。

故《かれ》その大刀《たち》・弓《ゆみ》を持《も》ち、その八十神《やそかみ》を追《お》ひ避《さ》くる時《とき》に、坂《さか》の御《み》尾毎《おごと》に追《お》ひ伏《ふ》せ、河《かわ》の瀬毎《せごと》に追《お》ひ撥《はら》ひて始《はじ》めて国《くに》を作《つく》りたまふ。

スサノヲは、葦原の中つ国（地上世界）との境の黄泉比良坂《よもつひらさか》まで追いかけて行き、はるか遠く坂の上を見渡して、オホアナムヂに呼びかけ、「おまえが持っている大刀と弓矢で、おまえの異母兄弟の八十神どもを、坂の尾根に追い伏せ、また河の瀬に追い払って、おまえがオホクニヌシノカミとなり、またウツシクニヌシノカミとなって、わが娘スセリビメを正妻として、宇迦《うか》の山（出雲大社の東北の御崎山《みさき》）の麓に、地中の岩盤に宮殿の柱を太く立て、棟には千木《ちぎ》（交差するように屋根から突き出た部材）を空高く立てて住むがよい。こいつめ」と言った。

そしてオホアナムヂは、その大刀・弓で兄弟の八十神を追いしりぞけたときに、坂の尾根一つひとつに追い伏せ、河の瀬ごとに追い払って、初めて国をつくった。

白兎の予言どおり、ヤカミヒメがオホアナムヂ（オホクニヌシノカミ）との結婚を宣言したため、オホアナムヂは兄弟たちに妬《ねた》まれて命をねらわれる。これは大変だというので逃げに逃げて、最後に根の国に行く。そこでオホアナムヂの祖先にあたるスサノヲの娘のスセリビメと結婚しようとする話です。六代前の祖先であるスサノヲが、結婚相手の父親にあたるという、ちょっとややこしい関係になっています。

スサノヲはオホアナムヂが娘の婿にふさわしいかを確かめるために、さまざまな試練を与えます（108頁の図を参照）。

蛇が床一面を這《は》う部屋に入れられたり、ムカデが這いまわりハチが飛びまわる部屋に入れられたりと、さながら映画『インディ・ジョーンズ』の一場面を見るようです。しかし、スセリビメから与えられた頭巾《ずきん》のようなもので切り抜けます。これで検定試験は終わりと思いきや、今度は野原で火を放たれてしまいますが、ネズミの一言に救われます。

さらに頭のシラミを取るように命じられるが、じつはシラミではなくムカデだった。スセリビメが気をさかして椋の実（イチジクの実とも）と赤土を渡す。その実を食って赤土と一緒に唾を吐きだしたところ、スサノヲはムカデを食い破って吐きだしたと勘違いして、「こいつはなかなかかわいいやつだ」とにんまりします。

スサノヲがひと安心して寝込んでしまったすきに、オホアナムヂはスサノヲの大刀と弓矢と琴を持って逃げだす。

それに気づいたスサノヲが地上の国との境まで追いかけてきたが、「その大刀と弓でもって八十神を追いはらい、オホクニヌシノカミとなり、ウツシクニヌシノカミとなって、わが娘スセリビメを正妻とせよ」と正式に結婚を許されます。

この話が面白いのは結婚するからには試練を乗り越えよというところです。『魔女と呼ばれた少女』という映画では、プロポーズした娘に「白いオンドリを見つけだしたら結婚してあげる」と条件を突きつけられた少年兵士が鶏を必死にさがしまわるシーンがあります。

ジョセフ・キャンベルの『千の顔を持つ英雄』『神話の力』という本によると、神話は人間の心の深層、心の奥深くを非常に見事に伝えていて、たとえば試練を与えられて旅に出て、その試練を乗り越えてまたもどってくるという、神話の世界の英雄には共通の性格があるのだそうです。

『古事記』のこの話も、スサノヲはなぜこんなにも意地悪をするのだろうというところに注目するよりは、オホアナムヂ（オホクニヌシ）の英雄としての振る舞いを引き立てるための物語ととらえるといいかもしれません。

**オホアナムヂの試練**
(オホクニヌシ)

試練 ①

床一面に蛇が這う部屋に入れられる

試練 ②

ムカデが這いまわり、ハチが飛びまわる部屋に入れられる

試練 ③

スサノヲが放った矢を取りに行かされて炎につつまれる

試練 ④

頭のシラミを取るように言われるが、それはムカデであった

## 9 アマテラス、国譲りを迫る

# この葦原中国《あしはらのなかつくに》は、天《あま》つ神《かみ》の御子《みこ》の命《みこと》のまにまに献《たてまつ》らむ

オホクニヌシの力でやっと完成した葦原《あしはら》の中《なか》つ国《くに》（地上世界）はにぎわい栄えたが、これを見たアマテラスは、地上世界は自分の子が治めるべき場所であると言いはじめた。

天照大御神《アマテラスオホミカミ》の命《みこと》以《も》ち、「豊葦原《とよあしはら》の千《ち》秋《あき》の長《なが》五《い》百《お》秋《あき》の水穂国《みずほのくに》は、我《あ》が御子《みこ》正勝吾勝々速日天忍穂耳命《マサカツアカツカチハヤヒアメノオシホミミノミコト》の知《し》らす国《くに》」と、言因《ことよ》さし賜《たま》ひて、天降《あまくだ》したまふ。

是《ここ》に天忍穂耳命《アメノオシホミミノミコト》、天《あめ》の浮橋《うきはし》にたたして詔《の》りたまはく、「豊葦原《とよあしはら》の千秋《ちあき》の長《なが》五《い》百《お》秋《あき》の水穂国《みずほのくに》は、いたくさやぎて有《あ》りなり」と告《の》りたまひて、更《さら》に還《かえ》り上《のぼ》り、天照大神《アマテラスオホミカミ》に請《まお》したまひき。

アマテラスは「葦原《あしはら》の水穂《みずほ》の国《くに》（葦原の中つ国）はわが子アメノオシホミミノミコトが治めるべき国である」と言って天から降《くだ》した。

ところが、アメノオシホミミは地上に降る途中、天の浮き橋から地上世界を見渡して、「葦原の水穂の国はひどくざわめいている（秩序が乱れている）」と言ってもどってきてしまい、事のしだいをアマテラスに報告した。

尓《しか》して高御産巣日神《タカミムスヒノカミ》・天照大御神《アマテラスオホミカミ》の命《みこと》以《も》ち、天《あめ》の安河《やすのかわ》の河原《かわら》に八百万《やおよろず》の神《かみ》を神集《かむつど》へ集《つど》へて、思金神《オモヒカネノカミ》に思《おも》はしめて詔《の》りたまはく、「この葦原中国《あしはらのなかつくに》は、我《あ》が御子《みこ》の知《し》らす国《くに》と、言依《ことよ》さし賜《たま》へる国《くに》なり。故《かれ》この国《くに》に道速振《ちはやぶ》る荒振《あらぶ》る国《くに》つ神等《かみども》の多《さわ》に在《あ》りと以為《おも》ほす。是《こ》れ何《いず》れの神《かみ》を使《つか》はしてか言趣《ことむ》けむ」とのりたまふ。

尓《しか》して思金神《オモヒカネノカミ》と八百万《やおよろず》の神議《かみはか》りて白《まお》さく、「天菩比神《アメノホヒノカミ》、是《こ》れ遣《つか》はすべし」とまをす。

故《かれ》天菩比神《アメノホヒノカミ》を遣《つか》はしつれば、大国主神《オホクニヌシノカミ》に媚《こ》び附《つ》き、三年《みとせ》に至《いた》るまで復奏《かえりごとまお》さず。

そこでタカミムスヒとアマテラスの仰せによって、天《あめ》の安《やす》の河の河原に神々をすべて集めて、オモヒカネに思いはからせて、「この葦原の中つ国（地上世界）は、わが子の統治する国であると、委任したまわった国である。ところが、この国は強暴にして荒れすさぶ神どもがたくさんいると思われる。これにはどの神を派遣して平定したらいいものか」と言った。

そこでオモヒカネは神々と相談して、「アメノホヒノカミを遣わすのがよいでしょう」と答えた。

そこで、アマテラスは国を譲るように伝える使者としてアメノホヒを葦原の中つ国に遣わしたが、オホクニヌシにへつらい、三年たっても報告することがなかった。

つぎにアメワカヒコが派遣されるが、逆に国をわがものにしようとたくらむ。アメワカヒコから八年も報告がないのに業《ごう》を煮《に》やしたアマテラスとタカミムスヒは雉《きじ》の鳴女《ナキメ》を派遣するが、アメワカヒコはナキメを弓で殺してしまう。この度重なる国譲りに失敗したあとに派遣されたのがタケミカヅチと従者のアメノトリフネである。

是《こ》を以《も》ちこの二《ふたはしら》の神《かみ》、出雲国《いずものくに》の伊耶佐《いざさ》の小濱《おばま》に降《くだ》り到《いた》りて、十掬《とつか》の剱《つるぎ》を抜《ぬ》き逆《さかしま》に浪《なみ》の穂《ほ》に刺《さ》し立《た》て、その剱《つるぎ》の前《さき》に趺《あぐ》み坐《い》、その大国主神《オホクニヌシノカミ》を問《と》ひて言《い》はく、「天照大御神《アマテラスオホミカミ》・高木神《タカキノカミ》の命《みこと》以《も》ち問《と》ひに使《つか》はせり。汝《な》がうしはける葦原中国《あしはらのなかつくに》は、我《あ》が御子《みこ》の知《し》らす国《くに》と言依《ことよ》さし賜《たま》へり。故《かれ》汝《な》が心《こころ》いかに」ととひたまふ。

爾《しか》して答《こた》へ白《まお》さく、「僕《やつかれ》はえ白《まお》さじ。我《あ》が子八重言代主神《こヤヘコトシロヌシノカミ》是《こ》れ白《まお》すべし。然《しか》れども鳥《とり》の遊《あそ》び・取魚《すなどりし》為て、御大之前《みほのさき》に往《ゆ》き、いまだ還《かえ》り来《こ》ず」とまをす。

---

こうしてタケミカヅチとアメノトリフネは出雲国の伊耶佐《いざさ》（島根県簸《ひ》川《かわ》郡大社町《たいしゃまち》の稲佐《いなさ》の浜）に降《くだ》り着いて、タケミカヅチは十掬《とつか》の剣（長剣）を抜き、波頭にさかさまに突き立て、剣の刃先にあぐらを組んで座り、オホクニヌシに問い尋ねて、「アマテラスオホミカミとタカキノカミの仰せで、おまえに問うべく我々を遣わした。おまえが国の主《ぬし》となっている葦原の中つ国はもともとわが御子が統治すべき国であると委《ゆだ》ねられた。これについておまえはどう思うか」と言った。これに答えてオホクニヌシは、「私の一存では申しあげられません。わが子のヤヘコトシロヌシノカミがご返事するところですが、鳥と魚の猟をしに美保《みほ》の岬に行って、まだ帰ってきておりません」と言った。

故尔《かれしか》して天鳥船神《アメノトリフネノカミ》を遣《つか》はし、八重言代主神《ヤヘコトシロヌシノカミ》を徴《め》し来《き》て、問《と》ひ賜《たま》ふ時《とき》に、その父《ちち》の大神《おおかみ》に語《かた》りて言《い》はく、「恐《かしこ》し。この国《くに》は天《あま》つ神《かみ》の御子《みこ》に立奉《たてまつ》らむ」といふすなはちその船《ふね》を蹈《ふ》み傾《かたぶ》けて、天《あめ》の逆《さか》手《て》を青柴垣《あおふしがき》に打《う》ち成《な》して、隠《かく》りき。

故尔《かれしか》してその大国主神《オホクニヌシノカミ》を問《と》ひたまはく、「今《いま》汝《な》が子《こ》事代主神《コトシロヌシノカミ》かく白《まお》しつ。また白《まお》すべき子《こ》有《あ》りや」ととひたまふ。是《ここ》にまた白《まお》さく、「また我《あ》が子《こ》建御名方神《タケミナカタノカミ》有《あ》り。此《これ》を除《お》きては無《な》し」と、かく白《まお》す間《あいだ》に、その建御名方神《タケミナカタノカミ》、千引《ちびき》の石《いわ》を手末《たなすえ》に擎《ささ》げて来《き》、言《い》はく、「誰《たれ》ぞ我《あ》が国《くに》に来《き》て、忍《しの》び忍《しの》びかく物言《ものい》ふ。然《しか》あらば力競《ちからくら》べ為《せ》む。

故《かれ》我《あれ》まづその御手《みて》を取《と》らむ」といふ。

---

そこでタケミカヅチはアメノトリフネを遣わしてヤヘコトシロヌシを呼び寄せて問うと、ヤヘコトシロヌシは父オホクニヌシに、「恐れ多いことです。この国は天《あま》つ神の御子に献上いたしましょう」と言うやいなや、乗ってきた船を踏み傾け、天《あめ》の逆手《さかて》という拍手をすると、船はたちまち青々とした柴垣《しばがき》に変わり、ヤヘコトシロヌシはその中にこもってしまった。このことがあってタケミカヅチはオホクニヌシに「今、おまえの子のヤヘコトシロヌシはこのように申した。ほかに申すべき子がいるか」と尋ねると、「もう一人、わが子にタケミナカタノカミがおります。ほかにはおりません」と答えた。こうしているときタケミナカタが千人力で引くほどの岩を軽々と持ちあげたままやってきて、「誰だ、わが国に来てひそひそと話しているのは。それならば力くらべをしようではないか。自分がまずあなたの手を握《と》ろう」と言った。

故《かれ》その御手《みて》を取《と》らしむれば、すなはち立氷《たちひ》に取《と》り成《な》し、また剱刃《つるぎは》に取《と》り成《な》しつ。故《かれ》尓《しか》して懼《おそ》りて退《そ》き居《お》り。尓《しか》してその建御名方神《タケミナカタノカミ》の手《て》を取《と》らむと乞《こ》ひ帰《かえ》して取《と》れば、若葦《わかあし》を取《と》るが如《ごと》く、搤《つか》み批《ひし》ぎて、投《な》げ離《はな》てば、逃《に》げ去《ゆ》く。

故追《かれお》ひ往《ゆ》きて、科野国《しなののくに》の州羽海《わのうみ》に迫《せ》め到《いた》り、殺《ころ》さむとする時《とき》に、建御名方神《タケミナカタノカミ》白《まお》さく、「恐《かしこ》し、我《あ》をな殺《ころ》しそ。この地《ところ》を除《お》きては、他《あた》し処《ところ》に行《ゆ》かじ。また我《あ》が父大国主神《ちちオホクニヌシノカミ》の命《みこと》に違《たが》はじ。八重言代主神《ヤヘコトシロヌシノカミ》の言《こと》に違《たが》はじ。**この葦原中国《あしはらのなかつくに》は、天《あま》つ神《かみ》の御子《みこ》の命《みこと》のまにまに献《たてまつ》らむ**」とまをす。

そこでタケミカヅチがその御手をタケミナカタに握らせると、その手はたちまち氷柱《つらら》に変じ、さらに剣《つるぎ》の刃に変じた。タケミナカタは恐れをなして後ずさりした。今度はタケミカヅチがタケミナカタの手を引き寄せて握ると、タケミナカタはあたかも葦《あし》の若葉をつかむように握りつぶされ投げ飛ばされたので、逃げ去ってしまった。

そこでタケミカヅチが追って行って、信濃国《しなののくに》の諏訪の湖に追いつめて殺そうとしたとき、タケミナカタが「恐れいりました。どうか命だけはお助けください。私はこの諏訪の地以外のところにはどこにも行きません。またわが父オホクニヌシノカミのお言葉のとおりにいたします。ヤヘコトシロヌシノカミの言葉にも背きません。この葦原の中つ国は、天つ神の御子の仰せのとおりに献上いたします」と言った。

故《かれ》更《さら》にまた還《かえ》り来《き》、その大国主神《オホクニヌシノカミ》を問《と》ひたまはく、「汝《な》が子等《こら》事代主神《コトシロヌシノカミ》・建御名方神《タケミナカタノカミ》二《ふたはしら》の神《かみ》は、天《あま》つ神《かみ》の御子《みこ》の命《みこと》のままに違《たが》はじと白《まお》しぬ。故《かれ》汝《な》が心《こころ》いかに」ととふ。

爾《しか》して答《こた》へ白《まお》さく、「僕《やつかれ》が了等《こら》二《ふたはしら》の神《かみ》の白《まお》せるままに、僕《やつかれ》違《たが》はじ。この葦原中国《あしはらのなかつくに》は、命《みこと》のままに既《すで》に献《たてまつ》らむ。ただ僕《やつかれ》が住所《すみか》は、天《あま》つ神《かみ》の御子《みこ》の天津日継《あまつひつぎ》知《し》らしめす、とだる天《あめ》の御巣《みす》の如《ごと》くして、底《そこ》つ石根《いわね》に宮柱《みやばしら》ふとしり、高天原《たかまのはら》に氷木《ひぎ》たかしりて治《おさ》め賜《たま》はば、僕《やつかれ》は百足《ももた》らず八十坰手《やそくまで》に隠《かく》りて侍《はべ》らむ。また僕《やつかれ》が子等《こら》百八十神《ももやそがみ》は、八重言代主神《ヤヘコトシロヌシノカミ》、神《かみ》の御尾前《みおさき》と為《し》て仕《つか》へ奉《まつ》らば、違《たが》ふ神《かみ》は非《あら》じ」（中略）故《かれ》建御雷神《タケミカヅチノカミ》返《かへ》り参上《まいのぼ》り、葦原中国《あしはらのなかつくに》を言向《ことむ》け和《や》

## 平《わ》しつる状《さま》を復《かえりごと》奏《まお》す。

タケミカヅチは出雲の国にもどるとオホクニヌシに、「おまえの子どものコトシロヌシノカミとタケミナカタノカミは、天つ神の御子の仰せに従って背かないと誓った。おまえの考えはどうか」と迫った。

オホクニヌシが答えた。「わが子たちが申したとおり、私も背くつもりはありません。この葦原の中つ国を仰せのとおり献上します。ただ、私の住むところは、天つ神の御子が系統をお継ぎになる立派な宮殿のように、大地の岩盤に宮柱を太く立て、高々とそびえる神殿をおつくりください。ならば私は多くの曲がり角の果てにある地に隠退しましょう。私の子である大勢の神も、ヤヘコトシロヌシノカミが神々の前に立ち後ろに立ってお仕えするならば背くことはありません」。（こうしてオホクニヌシは出雲の国の多芸志《たぎし》の浜辺の宮殿に鎮座した）。（中略）タケミカヅチは天に帰り上《のぼ》って、葦原の中つ国の平定に至るさまを報告した。

地上の国をオホクニヌシが治めて落ち着いたところに、天の神々の一番上に位するアマテラスが「そこは自分の子孫が治める場所であるから譲りなさい」と要求する。いろいろあって、結局、オホクニヌシはアマテラスの要求を呑むことになります。

このくだりの背景には、大陸から来た人たちがもともといた人たちを征服したことがあったと思われます。制圧にさいして戦闘もあったと思われますが、それをあからさまにせずに、アマテラスの天の神々の世界とオホクニヌシの地上の国のやりとりというかたちで表しています。大きな社《やしろ》(出雲大社)を建ててくれるのであれば国を譲りましょうと、あたかも取り引きのように穏やかな形に見せたわけです。

前にもふれたように、『古事記』の大きな目的は、神々の系譜、序列をはっきりさせることです。アマテラスオホミカミを頂点として神々が序列化されるわけですが、それ以前に、伊勢にも出雲にも神々がいたと思われます。その神々は、征服した人たちと関係なくいたものです。

では、アマテラスはどこから来たのか。天上世界にいて、その孫のニニギが天から降《くだ》ってきたのですから、もともとこの国には住んでいなかったと想像されます。

読み方によっては、天皇の祖先は大陸からやってきたとも読めるわけで、なかなか大胆な設定です。

歴史というものは支配者が作り変えるものです。残虐さが表に出ると、権力の源は暴力であるということになり殺伐《さつばつ》とする。だからといって、もともとの支配権はちがう人にあったということがあからさまになってはいけない。無視できないほどに出雲にはそうした土着の勢力がいたということです。

もう一つは、負けた者、支配された者の祟《たた》りを恐れたことがあります。神社が屈服した者の祟りを鎮《しず》めるためにつくられたケースはよくあります。謀反を計画したとして太宰府に左遷された菅原道真《すがわらのみちざね》の怒りを鎮めるために神格化し祀るようになった天満宮《てんまんぐう》などもその一つです。

カエサルの『ガリア戦記』を読むと、ローマ帝国も土着の神々への信仰を無理やりローマの神々に変えさせることをしていません。「ローマ人の信じる神をおまえたちも信じろ」と強制すると、精神的にも収奪することになって、かえって反抗心が生まれてしまう。それまで信じていた神でいいからと彼らを精神的にも落ち着かせて、ローマの属州にしていきます。

『古事記』でも、完全に土着の神々を滅ぼしてしまうのでもなければ、完全にそれを残していくわけでもない。序列化して残すという形でおこなったのが『古事記』の世界です。

平安時代の高層建築の一位は出雲大社。二位の東大寺の大仏殿（約四七メートル）を超える四八メートルの高さがあったと伝承されてきました。そんなことがあるわけないと思われていましたが、二〇〇〇年に直径三メートルの巨大な柱の痕跡《こんせき》などが出土して、その高さが証明されました。

おそらく、国を無理やり譲らされたことや征服されたことを恨まずに鎮座《ちんざ》してほしいという願いから、これ以上はないほどの巨大構造物を建てたのだと思います。

# 10 ニニギ、天から降る
## 竺紫《つくし》の日向《ひむか》の高千穂《たかちほ》のくじふるたけに天降《あまくだ》り坐《ま》しき

高天の原の神による地上世界の支配が確立すると、今度は、統治者を地上に派遣することになった。そこで任命されたのがオシホミミの子のニニギ（アマテラスの孫）だった。

尓《しか》して日子番能迩々芸命《ヒコホノニニギノミコト》、天降《あまくだ》りまさむとする時《とき》に、天《あめ》の八《や》衢《ちまた》に居《い》て、上《かみ》は高天原《たかまのはら》を光《て》らし、下《しも》は葦原中国《あしはらのなかつくに》を光《て》らす神《かみ》是《ここ》に有《あ》り。

故尓《かれしか》して天照大御神《アマテラスオホミカミ》・高木神《タカキノカミ》の命《みこと》以《も》ち、天宇受売神《アメノウズメノカミ》に詔《の》りたまはく、「汝《な》は手弱女人《たわやめ》に有《あ》れども、いむかふ神《かみ》と面勝《おもか》つ神《かみ》ぞ。故《かれ》もはら汝《なれ》往《ゆ》き問《と》はまくは、『吾《あ》が御子《みこ》天降《あまくだ》り為《す》る道《みち》に、誰《たれ》ぞかくて居《お》る』ととへ」とのりたまふ。

お言葉にしたがってニニギが天から降《くだ》ろうとしたとき、天上の道が八《や》つ辻《つじ》に分かれているところで、上は高天の原を照らし、下は葦原の中つ国を照らす神がいた。

そこでアマテラスとタカキノカミの仰せがあって、アメノウズメに、「おまえはか弱い女神ではあるが、面と向かい合って、相手の神の眼力ににらみ勝つ神である。それゆえ、おまえ一人で行き、『わが御子が天降ろうとする道で誰がこのようにしているのか』と問え」と命じた。

故《かれ》問《と》ひ賜《たま》ふ時《とき》に、答《こた》へ白《まお》さく、「僕《やつかれ》は国《くに》つ神《かみ》、名《な》は猿田毗古神《サルタビコノカミ》なり。出《い》で居《い》る所以《ゆえ》は、天《あま》つ神《かみ》の御子《みこ》天降《あまくだ》り坐《ま》すと聞《き》く。故《かれ》御前《みさき》に仕《つか》へ奉《まつ》らむとして、参向《まいむ》かへ侍《はべ》り」とまをす。

尓《しか》して天児屋命《アメノコヤネノミコト》・布刀玉命《フトタマノミコト》・天宇受売命《アメノウズメノミコト》・伊斯許理度売命《イシコリドメノミコト》・玉祖命《タマノオヤノミコト》、并《あわ》せて五伴緒《いつとものお》を支《わか》ち加《くわ》へて、天降《あまくだ》したまふ。

是《ここ》にそのをきし八尺《やさか》の勾璁《まがたま》・鏡《かがみ》と草那芸釼《くさなぎのつるぎ》、また常世思金神《トコヨノオモヒカネノカミ》・手力男神《タヂカラヲノカミ》・天石門別神《アメノイハトワケノカミ》を副《そ》へ賜《たま》ひて詔《の》りたまはく、「この鏡《かがみ》は、もはら我《あ》が御魂《みたま》と為《し》て、吾《あ》が前《まえ》を拝《おろが》むが如《ごと》く、いつき奉《まつ》れ。次《つぎ》に、思金神《オモヒカネノカミ》は、前《さき》の事《こと》を取《と》り持《も》ちて、政《まつりごと》を為《な》せ」とのりたまふ。

アメノウズメがそのとおりに問うと、「自分は国《くに》つ神で、名はサルタビコノカミであります。天《あま》つ神の御子がお降《くだ》りなさると聞きましたので、それならば先頭に立ってお仕え申しあげようと、お迎えに参っておりました」と申した。

いよいよ天降るにあたって、アメノコヤネ・フトタマ・アメノウズメ・イシコリドメ・タマノオヤ合わせて五柱の、部族の長をなす神を分けそえて、地上に降らせた。

また、あの天《あめ》の石屋《いわや》からアマテラスを招きだした勾玉と鏡、それに草薙の剣と、さらにトコヨノオモヒカネ・タヂカラヲ・アメノイハトワケを添えて賜って、アマテラスは、「この鏡は唯一わが御魂《みたま》として、私を祀《まつ》るのと同じように祀り仕えなさい」と言い、つづいて「オモヒカネノカミは今言ったことを取りしきり、私の祭事《さいじ》をとりおこないなさい」と命じた。

故尓《かれしか》して天津日子番能迩々芸命《アマツヒコホノニニギノミコト》に詔《の》りたまひて、天《あめ》の石位《いわくら》を離《はな》れ、天《あめ》の八重《やえ》たな雲《ぐも》を押《お》し分《わ》けて、いつのちわきちわきて、天《あめ》の浮橋《うきはし》に、うきじまり、そりたたして、**竺紫《つくし》の日向《ひむか》の高千穂《たかちほ》のくじふるたけに天降《あまくだ》り坐《ま》しき。**（中略）

是《ここ》に詔《の》りたまはく、「此地《ここ》は韓国《からくに》に向《む》かひ、笠紗《かささ》の御前《みさき》に真来《まぎ》通《とお》りて、朝日《あさひ》の直刺《たださ》す国《くに》、夕日《ゆうひ》の日照《ひで》る国《くに》なり。故此地《かれここ》はいたく吉《よ》き地《ところ》」と詔《の》りたまひて、底《そこ》つ石根《いわね》に宮柱《みやはしら》ふとしり、高天原《たかまのはら》に氷《ひ》椽《ぎ》たかしりて坐《いま》す。

そのように仰せつかったニニギは、高天の原の堅固《けんご》な玉座《ぎょくざ》を離れ、天空に八重《やえ》にたなびく雲を押しわけ、神聖で霊威《れいい》に満ちた御幸《みゆき》の道を選んで進み、天《あめ》の浮き橋にすっくと立って、そこから筑紫（九州）の日向《ひむか》（日の射すところ）の高千穂の聖なる峰にお降りになった。（中略）

天降ったニニギは、「ここは韓《から》の国（朝鮮）に向き合い、笠紗《かささ》の岬（鹿児島県南さつま市笠沙町の野間岬《のまみさき》にあたるとされる）をまっすぐに通って来て、朝日のまっすぐに射す国、夕日の照り輝く国である。それゆえ、ここはたいへん吉《よ》い土地である」と言って、大地の岩盤に宮殿の柱を太く立て、天空高く宮殿の千木《ちぎ》（交差するように屋根から突き出た部材）を上げて住んだ。

高天の原の神による地上世界の支配が確立すると、今度は統治者を地上に派遣することになった。そこで任命されたのがアマテラスの孫のニニギ。ニニギが地上に降りようとして「天《あめ》の八衢《やちまた》」という分かれ道にさしかかると、高天の原と葦原の中つ国を照らす神が立ちはだかったので、ニニギはアメノウズメにその神の正体を調べさせた。すると、その神はサルタビコといい、天つ神の道案内をしようと申し出ます。

こうしてニニギ一行がようやく高天の原を出発します。ニニギがともなったのは、アメノコヤネをはじめ、天《あめ》の石屋戸《いわやと》からアマテラスを誘いだすのに活躍した五柱の神々。加えて三種の神器の勾玉、鏡、草薙の剣。アマテラスは鏡を与えるとき、「この鏡を自分の御霊《みたま》として祀るように」と命じます。

ニニギは筑紫《つくし》（九州）の日向《ひむか》の高千穂《たかちほ》のくじふるたけ（「霊峰」の意）に降り立ちます。アメノオシホミミの子で、アマテラスの孫にあたるニニギが降り立ったので、「天孫降臨《てんそんこうりん》」です。

この「天降《あまくだ》り」した高千穂は場所が特定されていません。有力とされるのが宮崎県西臼杵《にしうすき》郡の「臼杵高千穂」と鹿児島県との県境の「霧島高千穂」。「臼杵」ではニニギノミコトが祀られている槵触《くしふる》神社が鎮座する山（ここがくじふる岳とされる）や二上山《ふたがみさん》や祖母山《そぼさん》が伝承地として知られています。『古事記』の註釈書『古事記伝』を著した本居宣長《もとおりのりなが》は、どちらにも決めがたいとして、どちらか一方に降り立ったあとに、もう一方に移動したとしています。

高千穂に天降ったニニギは「大地の岩盤に宮殿の柱を太く立て、天空高く宮殿の千木《ちぎ》（神社などに見られる、交差するように屋根から突き出た部材）を上げて」住むことになります。

出雲大社もそうですが、ここでも「柱を太く立て」となっています。神を数える単位が「柱」とされ、神社の杜《もり》が巨木にかこまれているように、柱はたいへん重要なものとされています。太くて高い柱は天と地をつなぐものであり、天に届かんばかりの権威の象徴でもあります。

さて、地上までの道案内をしたサルタビコは、『古事記』では、今の伊勢湾の松阪市あたりの海で漁をしていて貝に手を挟まれて溺《おぼ》れたこともあったと記されています。

このように伊勢の土着の神であったサルタビコが、天孫の道案内をしたというのは象徴的な出来事です。アマテラスはのちに伊勢に祀られることになりますが、サルタビコの道案内は土着の神が天孫の神に従属したことを表しているとも考えられます。

本書では紙数の都合で割愛しましたが、アメノウズメはニニギに命じられてサルタビコを故郷の伊勢まで送り届けます。役目を終えたアメノウズメは、海に棲《す》む生き物をすべて集めて、「天つ神の御子孫に仕えるか」と尋ねる。異口同音《いくどうおん》に「お仕えします」と答えるが、ナマコだけは黙っていた。そこでアメノウズメは短剣で口を切り裂いてしまった。そのためナマコの口は今でも横に裂けているのだそうです。

この逸話もまた支配される側と統治する側のせめぎ合いが象徴されていると見られます。

# 11 コノハナノサクヤビメ、花の命は短くて

## 木花之佐久夜毗売《コノハナノサクヤビメ》を使《つか》はさば、木《こ》の花《はな》の栄《さか》ゆる

高千穂の峰に降り立ったニニギは、ある日、笠紗《かささ》の岬に出かけたとき、美しい乙女に出会う。聞くところによると、オホヤマツミノカミの娘で、カムアタツヒメ、またの名をコノハナノサクヤビメという。また、姉にイハナガヒメがいるという。そこでニニギが「おまえと結婚したいと思うがどうか」と問うと、コノハナノサクヤビメは「私には申しあげかねます。父のオホヤマツミノカミからお返事いたしましょう」と答えた。

故《かれ》その父《ちち》大山津見神《オホヤマツミノカミ》に乞《こ》ひに遣《つか》はしたまふ時《とき》に、いたく歓喜《よろこ》びて、その姉《あね》石長比売《イハナガヒメ》を副《そ》へ、百取《ももとり》の机代《つくえしろ》の物《もの》を持《も》たしめ奉《まつ》り出《い》だしつ。

故尓《かれしか》してその姉《あね》は、いたく凶醜《みにく》きに因《よ》り、見畏《みかしこ》みて、返《かえ》し送《おく》りたまふ。ただその弟木花之佐久夜毗売《おとコノハナノサクヤビメ》を留《とど》めて、一宿婚《ひとよま》き為《し》たまふ。

---

そこでニニギはオホヤマツミに求婚の使者を立てたところ、オホヤマツミはたいそう喜んで、コノハナノサクヤビメと一緒に姉のイハナガヒメを添えて、たくさんの結納の品々を持たせて差しだした。

ところが、姉のイハナガヒメはひどく醜《みにく》かったので、ニニギはひと目見て恐ろしくなり、イハナガヒメを送り返し、コノハナノサクヤビメだけを手許に置いて、一夜の契《ちぎ》りを結んだ。

尓《しか》して大山津見神《オホヤマツミノカミ》、石長比売《イハナガヒメ》を返《かえ》したまへるに因《よ》りて、いたく恥《は》ぢ、白《まお》し送《おく》りて言《まお》さく、「我《わ》が女《むすめ》二《ふたり》並《なら》べ立奉《たてまつ》れる由《ゆえ》は、石長比売《イハナガヒメ》を使《つか》はさば、天《あま》つ神《かみ》の御子《みこ》の命《いのち》は、雪《ゆき》零《ふ》り風《かぜ》吹《ふ》くとも、恒《つね》に石《いわ》の如《ごと》くにして、常磐《ときわ》に堅磐《かちわ》に動《うご》かず坐《いま》さむ。また**木花之佐久夜毗売《コノハナノサクヤビメ》を使《つか》はさば、木《こ》の花《はな》の栄《さか》ゆるが如《ごと》く栄《さか》え坐《いま》さ**むと、うけひて貢進《たてまつ》りき。この石長比売《イハナガヒメ》を返《かえ》さしめて、独《ひと》り木花之佐久夜毗売《コノハナノサクヤビメ》を留《とど》めたまひつ。故《かれ》、天《あま》つ神《かみ》の御子《みこ》の御寿《みいのち》は、木《こ》の花《はな》のあまひのみ坐《いま》さむ」とまをす。故《かれ》是《ここ》を以《も》ち今《いま》に至《いた》るまで、天皇命等《すめらみことたち》の御命《みいのち》長《なが》くあらざるなり。

オホヤマツミは、ニニギがイハナガヒメを送り返したことをたいそう恥じて使者を立て、「わが娘を二人ともに差しあげましたわけは、イハナガヒメをお召しになったならば、お生まれになった天《あま》つ神の子孫の寿命は、雪が降り風が吹いても、つねに岩のように堅固《けんご》で久しくいらっしゃるでしょう。またコノハナノサクヤビメをお召しになれば、天つ神の子孫は、桜の花の咲き栄えるように栄えておいでになりましょうと、あらかじめ誓約《うけい》をしたうえで差しあげたのです。にもかかわらずイハナガヒメをお返しになり、コノハナノサクヤビメだけをおとどめになりました。このために天つ神の子孫の御寿命は、桜の花の盛りのように短くあられるでしょう」と言った。

このことがために、代々の天皇の寿命は長くないのである。

故後《かれのち》に木花之佐久夜毗売《コノハナノサクヤビメ》、参出《まいい》でて白《まお》さく、「妾《やっこ》は妊身《はら》めり。今産《いまう》む時《とき》に臨《のぞ》みぬ。是《こ》の天《あま》つ神《かみ》の御子《みこ》、私《ひそか》に産《う》みまつるべくあらず。故請《かれまお》す」とまをす。

尓《しか》して詔《の》りたまはく、「佐久夜毗売《サクヤビメ》、一宿《ひとよ》にや妊《はら》める。是《こ》れ我《わ》が子《こ》に非《あら》じ。かならず国《くに》つ神《かみ》の子《こ》にあらむ」とのりたまふ。

尓《しか》して答《こた》へ白《まお》さく、「吾《やっこ》が妊《はら》める子《こ》、もし国《くに》つ神《かみ》の子《こ》にあらば、産《う》む時《とき》幸《さき》くあらじ。もし天《あま》つ神《かみ》の御子《みこ》にあらば、幸《さき》くあらむ」とまをす。

それから時がたったある日、コノハナノサクヤビメがニニギに、「私は身ごもっております。今まさに出産の時を迎えています。天《あま》つ神の御子であるからには、ひそかに産むわけにはまいりません。それゆえ申しあげます」と言った。

ところが、これを聞いたニニギは、「サクヤビメよ。たった一夜で身ごもったというのか。これはわが子ではあるまい。きっと国《くに》つ神の子にちがいない」と言った。

そこで、コノハナノサクヤビメは、「私が身ごもった子が国つ神の子ならば、産むときに無事ではありますまい。あなたの子（天つ神の子）であるならば、必ずや無事に生まれるでしょう」と言った。

戸無《とな》き八尋殿《やひろどの》を作《つく》り、その殿《との》の内《うち》に入《い》り、土《はに》を以《も》ち塗《ぬ》り塞《ふた》ぎて、方《みざかり》に産《う》む時《とき》に、火《ひ》を以《も》ちその殿《との》に着《つ》けて産《う》みたまひき。故《かれ》その火《ひ》の盛《さか》りに焼《も》ゆる時《とき》に、生《う》める子《こ》の名《な》は火照命《ホデリノミコト》、次《つぎ》に生《う》める子《こ》の名《な》は火須勢理命《ホスセリノミコト》、次《つぎ》に生《あ》れませる子《こ》の御名《みな》は火遠理命《ホヲリノミコト》、またの名《な》は天津日高日子穂々出見命《アマツヒコヒコホホデミノミコト》。

---

そして、ただちに戸口のない広い御殿を造ってこもり、御殿を土ですっかり塗りふさいだ。今まさに出産の時がきたとき、御殿に自ら火を放ち、炎の中で出産した。その炎の燃えさかる中から生まれた子がホデリノミコト、次に、火の燃え進む中から生まれた子がホスセリノミコト、三番目に火勢

の衰えた中から生まれた子がホヲリノミコトで、またの名をアマツヒコヒコホホデミノミコトという。

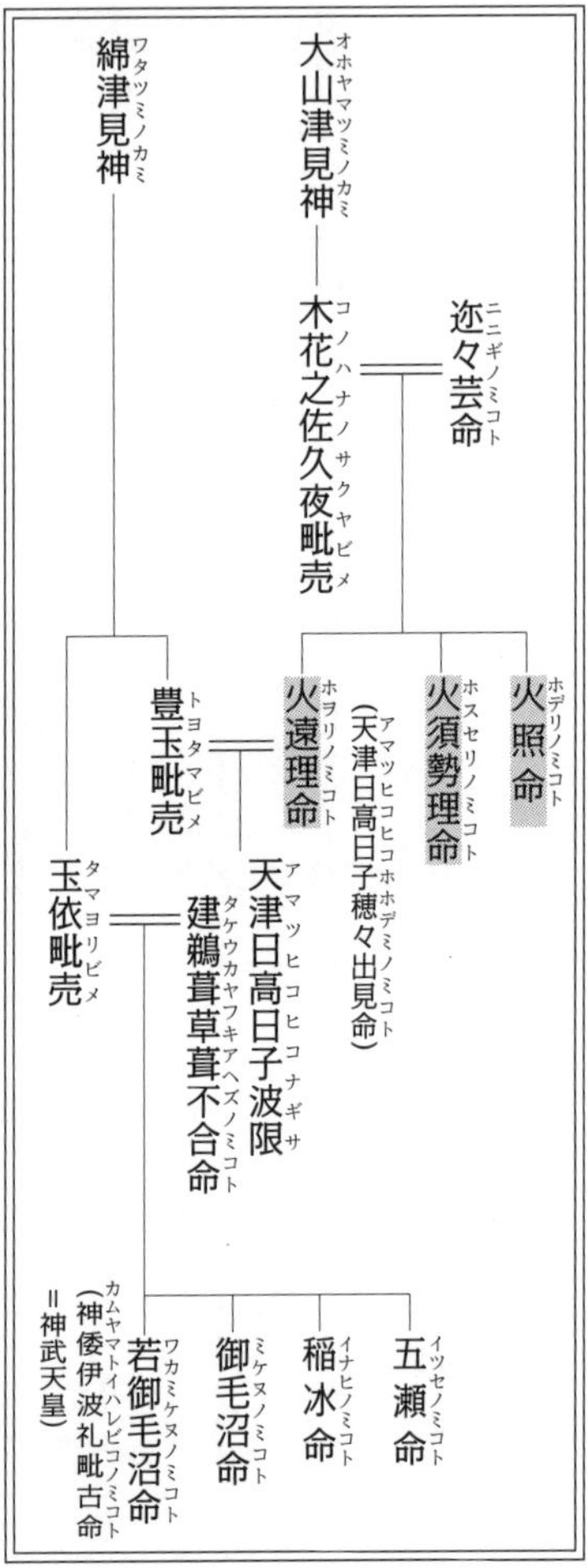

ニニギがコノハナノサクヤビメと結婚しようとしたとき、父親のオホヤマツミがコノハナノサクヤビメの姉イハナガヒメもどうぞと差しだした。

オホヤマツミは神の御子が「石のように永遠につづき」「花のように栄える」ようにと誓って二人を送ったにもかかわらず、イハナガヒメは容姿がすぐれなかったため、送り返されてしまう。

するとオホヤマツミが「今後、天皇（神の御子）の命は花のように短くなる」と言ったという話です。

コノハナノサクヤビメ（木花之佐久夜毗売）は容姿は美しいけれど寿命は「桜の花の盛り」のように短い。イハナガヒメ（石長比売）はその名に「石《いわ》」という字があるように、丈夫で長命だけれど容姿はいま一息。

ひらたくいえば、見た目だけで妻を選んだ者をいさめる教訓的な物語になっています。

「桜の女神」と「石の神」。両方と結婚しておけばこれほどいいことはないが、コノハナノサクヤビメのように、華やかだけれども寿命は短くはらはらと散っていく桜にひかれてしまう男。男性のこうした傾向がこのころからあったのではと思わせる逸話です。

コノハナノサクヤビメを選んだがために天皇、神の御子の寿命が短くなるというのは、天皇が人間化したことの象徴でもあります。『日本書紀』など見ると、天皇は非常に長生きをしたという、数字合わせをしているところがあるのですが、『古事記』では、神の御子も人間のようになっていったとして、地上の国のルールに従うようになったことを示唆しています。

東南アジアにはこれによく似た神話が残っています。

インドネシア中部のスラウェシ島のある部族に伝わる神話では、部族最初の夫婦が、天地創造の神に、石よりもバナナがほしいと願ったために、石のように不老不死になることができず、バナナのようにはかない寿命になったといいます。

ところで、コノハナノサクヤビメは自ら火を放って、燃えさかる炎の中で無事出産するという場面がこの段の最後に登場します。コノハナノサクヤビメはなぜこのように無謀《むぼう》とも思えることをしたのか。

一つには、一夜で身ごもるはずがないと疑われたコノハナノサクヤビメの怒り。もう一つは女性が出産にかける爆発的なエネルギー。

いま一つは、コノハナノサクヤビメは山の神の娘ですから、噴火をくり返す富士山をヒメの「火のパワー」で鎮《しず》めたいという願いが込められています。静岡県富士宮市の富士山本宮浅間《せんげん》大社にはコノハナノサクヤビメが祀《まつ》られています。どうにもしがたい天変地異を治めるために霊力にすがるように神社を建てたのです。

火の力を受けて生まれたのがホデリ（火照）、ホスセリ（火須勢理）、ホヲリ（火遠理）ですが（140頁の図を参照）、ホヲリはのちに水を操る力を得たことで、火と水の両方に深い関わりを持つことになります。

これが、つぎの「海幸山幸《うみさちやまさち》」の物語へとつながります。ホデリのウミサチビコ（海幸彦）、ホヲリのヤマサチビコ（山幸彦）です。

## 12　山幸、海幸に勝利する

### 「この鈎《ち》は淤煩鈎《おぼち》、須々鈎《すすち》、貧鈎《まじち》、宇流鈎《うるち》」と云《い》ひて、後手《しりえで》に賜《たま》へ

ニニギとコノハナノサクヤビメのあいだに生まれたホデリは海で魚を獲り、ホヲリは山で獣を獲って暮らしていた。

故《かれ》火照命《ホデリノミコト》は、海佐知毗古《ウミサチビコ》と為《し》て、鰭《はた》の広物《ひろもの》・鰭《はた》の狭物《さもの》を取《と》り、火遠理命《ホヲリノミコト》は山佐知毗古《ヤマサチビコ》と為《し》て、毛《け》の麁物《あらもの》・毛《け》の柔物《にこもの》を取《と》りたまふ。尓《しか》して火遠理命《ホヲリノミコト》、その兄火照命《いろえホデリノミコト》に、「おのもおのもさちを相易《あいか》へて用《もち》ゐ（い）むと欲《おも》ふ」と謂《い》ひ、三度《みたび》乞《こ》はせども、許《ゆる》さず。然《しか》あれども

遂《つい》にわづかに相易《あいか》ふることを得《え》つ。尓《しか》して火遠理命《ホヲリノミコト》、海《うみ》さちを以《も》ち魚《な》釣《つ》らすに、都《かつ》て一《ひと》つの魚《うお》を得《え》ず、またその鈎《ち》を海《うみ》に失《うしな》ひたまふ。

---

兄のホデリはウミサチビコとして、鰭《ひれ》の大きい魚や鰭の小さい魚などの海の幸《さち》（獲物）を獲り、弟のホヲリはヤマサチビコとして、毛のあらい大きな獣や毛のやわらかい小さな獣などの山の幸を獲って暮らしていた。山で狩猟に励んでいたあるとき弟のホヲリは、兄のホデリに、「お互いに獲物を取る道具である、釣り針と弓矢を取り替えて使ってみようと思う」と三度言葉をかけたが、兄はその誘いに応じようとしなかった。それでもついに、釣り針と弓矢を交換することができた。さっそくホヲリは海の獲物を取る道具を使って魚を釣ってみたが、一尾の魚もかからなかった。そればかりか、借りた釣り針まで海中に落としてしまった。

是《ここ》にその兄火照命《いろえホデリノミコト》その鉤《ち》を乞《こ》ひて曰《いわ》く、「山《やま》さちも己《おの》がさちさち。海《うみ》さちも己《おの》がさちさち。今《いま》はおのもおのもさちを返《かえ》さむと謂《おも》ふ」といふ時《とき》に、その弟火遠理命《いろどホヲリノミコト》答《こた》へ曰《の》りたまはく、「汝《な》の鉤《ち》は、魚《な》鉤《つ》りしに一《ひと》つの魚《うお》を得《え》ず、遂《つい》に海《うみ》に失《うしな》ひき」とのりたまふ。然《しか》あれども、その兄《いろえ》、強《あながち》に乞《こ》ひ徴《はた》る。故《かれ》その弟《いろど》、御佩《みはかし》の十拳《とつか》の釼《つるぎ》を破《やぶ》り、五百《いお》の鉤《ち》を作《つく》り、償《つくの》ひたまへども、取《と》らず。また一千《ち》の鉤《ち》を作《つく》り、償《つくの》ひたまへども、受《う》けずて云《い》はく、「なほその正本《もと》の鉤《ち》を得《え》む」といふ。

是《ここ》にその弟《いろど》、泣《な》き患《うれ》へ海辺《うみべた》に居《い》ます時《とき》に、塩椎神《シホツチノカミ》来《く》。問《と》ひて曰《いわ》く、「何《なに》ぞ虚空津日高《ソラツヒコ》の泣《な》き患《うれ》へたまふ所由《ゆえ》は」ととふ。

兄のホデリは貸した釣り針を求めて、「山の獲物も海の獲物も自分の道具でこそだ。今すぐにお互いの道具を元どおりにしよう」と迫ると、ホヲリは、「兄さんの釣り針は、一尾の魚も釣れずに、海の中に落としてしまいました」と謝った。

しかし、ホデリは許さず、返せと責めたてた。そこでホヲリは、腰に帯びた長い剣を砕いて五百本もの釣り針をつくって弁償したが、ホデリは受け取らなかった。さらに千本の釣り針をつくって弁償したが、これも受け取らず、「やはり、あの正真正銘の元の釣り針を返せ」の一点張りだった。

途方にくれたホヲリは、海辺にたたずみながら泣き悲しんでいた。そこへ、潮路をつかさどる神シホツチノカミがやってきて、問い尋ねて「どうしたわけでソラツヒコ（太子《たいし》）ともあろうお方が泣き憂いておられるのか」と言った。

答《こた》へ言《の》りたまはく、「我《あれ》、兄《え》と鉤《ち》を易《か》へて、その鉤《ち》を失《うしな》ひつ。是《ここ》にその鉤《ち》を乞《こ》ふ。故多《かれあまた》の鉤《ち》を償《つくの》へども、受《う》けずて云《い》はく、『なほその本《もと》の鉤《ち》を得《え》む』といふ。故泣《かれな》き患《うれ》ふ」とのりたまふ。尓《しか》して塩椎神《シホツチノカミ》云《い》はく、「我《あれ》、汝命《いましみこと》の為《ため》に、善《よ》き議《はかりごと》作《な》さむ」といふ。間无《まな》し勝間《かつま》の小船《おぶね》を造《つく》り、その船《ふね》に載《の》せまつりて、教《おし》へ曰《いわ》く、「我《あれ》、その船《ふね》を押《お》し流《なが》さば、やや暫《しま》し往《い》でませ。味《うま》し御路《みち》有《あ》らむ。その道《みち》に乗《の》り往《い》でまさば、魚鱗《いろこ》の如《ごと》く造《つく》れる宮室《みや》、それ綿津見神《ワタツミノカミ》の宮《みや》ぞ。その神《かみ》の御門《みかど》に到《いた》りまさば、傍《かたわ》らの井《い》の上《え》に湯津香木《ゆつかつら》有《あ》らむ。故《かれ》その木《き》の上《うえ》に坐《いま》さば、その海《うみ》の神《かみ》の女《むすめ》、見《み》、相議《あいはか》らむぞ」といふ。

ホヲリは「私は兄と釣り針を取り替えて、その釣り針をなくしてしまった。兄が釣り針を返せというので、釣り針をたくさんつくって弁償しましたが、受け取らずに『元の釣り針を返せ』と言ってきかないので泣き憂いているのです」と言った。これを聞いたシホッチは「私があなたさまのために、よい手立てを考えてさしあげましょう」と言って、たちどころに目の詰んだ竹籠《たけかご》の小船をつくってホヲリを乗せ、「私がこの船を押し流したら、しばらくそのまま進みなさい。きっとよい潮路《しおじ》（海流）にぶつかります。そのまま潮路に乗って海中を行けば、魚の鱗《うろこ》のようにずらりと並び立つ海の神ワタツミノカミの宮殿が見えてきます。宮殿の入り口に着きましたら、かたわらの井戸のほとりに、聖なる木犀《かつら》の木が立っています。その木に登れば、海の神の娘があなたを見つけて、よいようにはからってくれます」と教えた。

海神ワタツミの娘トヨタマビメはホヲリの美貌に一目惚れした。ワタツミも「この方はアマツヒコ（天孫）の御子のソラツヒコ（太子）でいらっしゃる」と驚き、ホヲリはこののち三年、海神の宮殿でトヨタマビメと結婚生活を送った。

故《かれ》、その父《ちち》の大神《おおかみ》、その聟夫《むこ》を問《と》ひて曰《いわ》く、「今旦《けさ》我が女《むすめ》の語《かた》るを聞《き》けば、『三年《みとせ》坐《いま》せども、恒《つね》に歎《なげ》かすことも無《な》きに、今夜《こよい》大《おお》きなる歎為《なげきし》たまひつ』と云《い》ひつ。もし由《ゆえ》有《あ》りや。また此間《ここ》に到《いた》りませる由《ゆえ》はいかに」といふ。尓《しか》してその大神《おおかみ》に語《かた》りたまふこと、つぶさにその兄《いろえ》の失《う》せにし鈎《ち》を罰《はた》れる状《さま》の如《ごと》し。是《ここ》を以《も》ち海《うみ》の神《かみ》、悉《ことごと》く海《うみ》の大小魚《おおきちいさきうお》を召《め》し集《あつ》め問《と》ひて曰《いわ》く、「もしこの鈎《ち》を取《と》れる魚《うお》有《あ》りや」ととふ。故《かれ》諸《もろもろ》の魚《りお》白《まお》さく、「このころ赤海鯽魚《たい》、喉《のみと》の鯁《のぎ》に、物《もの》え食《く》はずと愁《うれ》へ言《い》へり。故《かれ》かならず是《これ》取《と》りつらむ」とまをす。是《ここ》に赤海鯽魚《たい》の喉《のみと》を探《さぐ》れば、鉤《ち》有《あ》り。

---

ある日、父のワタツミが智《むこ》のホヲリに尋ねて「明けがたに娘が語ったところによれば、『三年おいでになるが、溜息をおつきになることもなかったのに、昨夜は大きな溜息をなさった』と申します。何かわけがおありでしょうか。また、この国にお出《い》でになったのはどういうわけでしょうか」と言った。

そこでホヲリはワタツミに、釣り針を返せと兄が責めたてるさまを仔細《しさい》に話した。これを聞いたワタツミは、海にいる大小すべての魚を召し集め、「この釣り針を取った魚はいるか」と尋ねた。すると多くの魚が、「このごろ鯛《たい》が喉《のど》に小骨が刺さって、物が食べられないと嘆いています。きっと鯛が取ったにちがいありません」と言った。そこで、鯛の喉を探ると釣り針があった。

取《と》り出《い》だして清《きよ》め洗《あら》ひ、火遠理命《ホヲリノミコト》に奉《まつ》る時《とき》に、その綿津見大神《ワタツミノオホカミ》誨《おし》へ曰《まお》さく、「この鉤《ち》を以《も》ちその兄《え》に給《たま》ふ時《とき》に、言《の》りたまはむ状《さま》は、『この鉤《ち》は淤煩《おぼ》鉤《ち》、須々《すす》鉤《ち》、貧《まじ》鉤《ち》、宇流《うる》鉤《ち》』と云《い》ひて、後手《しりえで》に賜《たま》へ。然《しか》してその兄《え》高田《あげた》を作《つく》らば、汝命《いましみこと》は、下田《くぼた》を営《つく》りたまへ。その兄《え》下田《くぼた》を作《つく》らば、汝命《いましみこと》は高田《あげた》を営《つく》りたまへ。然為《しかし》たまはば、吾《あれ》水《みず》を掌《し》る。故《かれ》三年《みとせ》の間《あいだ》にかならずその兄《え》貧窮《まず》しくあらむ。もしそれ然為《しかし》たまふ事《こと》を悵怨《うら》みて攻《せ》め戦《たたか》はば、塩盈《しおみ》つ珠《たま》を出《い》だして溺《おぼほ》らし、もしそれ愁《うれ》へ請《まお》さば、塩乾《しおふ》る珠《たま》を出《い》だして活《い》け、かく惚《なや》まし苦《くる》しびしめたまへ」と云《い》ひ、塩盈《しおみ》つ珠《たま》・塩乾《しおふ》る珠《たま》并《あわ》せて両箇《ふたつ》を授《さず》けまつる。

---

針を取りだしてきれいに洗い、ホヲリに献上するときに、ワタツミが教えて、「この釣り針を兄さんにお与えになるときに、『この釣り針は、憂鬱《ゆううつ》になる釣り針・気がいらいらする釣り針・貧しくなる釣り針・愚《おろ》かになる釣り針』と言って、後ろ手にお与えなさい。そして、兄さんが高いところに田をつくるなら、あなたは低いところに田をおつくりなさい。兄さんが低い田をつくるなら、あなたは高い田をおつくりなさい。そうすれば、私は水を支配しますから、三年のあいだはきっと凶作のために兄さんは貧乏に苦しむでしょう。もしそれを恨んで、兄さんが戦《いくさ》を仕掛けてきたら、潮が満ち溢れる玉を取り出して溺れさせ、もし憐《あわ》れみを乞《こ》うならば、潮が干《ひ》る玉を取り出して命を助けるというぐあいに懲《こ》らしめておあげなさい」と言って、潮が満ちる玉と潮が干《ひ》る玉、合わせて二つを授けた。

是《こ》を以《も》ちつぶさに海《うみ》の神《かみ》の教《おし》へし言《こと》の如《ごと》く、その鉤《ち》を与《あた》へたまひき。故尓《かれそれ》より以後《のち》、やくやくにいよよ貧《まず》しくなり、更《さら》に荒《あら》き心《こころ》を起《お》こし迫《せ》め来《く》。

攻《せ》めむとする時《とき》、塩盈《しおみ》つ珠《たま》を出《い》だして溺《おぼほ》らし、それ愁《うれ》へ請《まお》せば、塩乾《しおふ》る珠《たま》を出《い》だして救《すく》ふ。かく惚《なや》まし苦《くる》しびしめたまひし時《とき》に、稽首《の》み白《まお》さく、「僕《やつかれ》は今《いま》より以後《のち》、汝命《いましみこと》の昼夜《ひるよる》の守護人《まもりびと》と為《し》て仕《つか》へ奉《まつ》らむ」とまをす。

故今《かれいま》に至《いた》るまでその溺《おぼほ》れし時《とき》の種々《くさぐさ》の態《わざ》、絶《た》えず仕《つか》へ奉《まつ》るなり。

こうして故郷の国に帰ったホヲリは、一つも欠けることなく海の神の教えた言葉のとおりにして、兄のホデリにその釣り針を与えた。するとそれからのち、ホデリはだんだん貧しくなり、前にもまして荒々しい心をおこして攻めてきた。

ホデリが攻めようとするとき、ホヲリは潮が満つる玉を取り出して溺れさせ、ホデリが憐れみを乞えば、ホヲリは潮が干る玉を取り出して助けてやった。このように懲らしめたところ、ホデリは額《ひたい》を土にこすりつけて、「私めは今からのち、あなたさまを昼も夜も守る者となってお仕えします」と言った。

それで、今に至るまでホデリの子孫の隼人《はやと》は、ホデリが溺れたときのあれこれのしぐさを絶えることなく演じて、朝廷にお仕え申しているのである。

「海幸彦《うみさちひこ》と山幸彦《やまさちひこ》」は小学校の教科書に載っていたなつかしい話です。

ここには対立の構図が描かれています。一つは「海」と「山」。それぞれの幸《さち》をつかさどる神が登場します。そして「兄」と「弟」の争いです。『古事記』には男兄弟の争いがたびたび描かれますが、「力の相続」をめぐる争いともいえます。

聖書にもカインとアベルの話があります。神への供物《くもつ》をめぐって嫉妬《しっと》にかられた兄カインが弟アベルを殺害するという話です。

日本の神話には心やさしく勇気あふれる末の弟が兄に勝つ話がたくさんあります。

兄神たちを倒したオホクニヌシなどのように、末弟が勝つ話が多いのは、騎馬民族などに見られる、生まれた男の子が次々に家を出ていって、最後に残った末子が相続するという風習が由来になっているといわれます。

兄ホデリに苦しめられる末弟のホヲリは、潮の神シホツチのアドバイスで、海の神ワタツミの宮殿を訪れます。戦没した学徒兵の遺稿集『きけ わだつみのこえ』の「わだつみ」は『海に散った英霊《えいれい》たち」の意です。ワタツミの宮殿に着いて、その娘トヨタマビメと結婚して三年がたったある日、それまで聞いたことのないホヲリの溜息を耳にする。

海のはるか沖にある理想郷なのになぜ溜息をつくのか、そのわけを知ったワタツミは、問題の針が鯛の喉に刺さっていることを突きとめる。そこで針を兄ホデリに返すときに「この鈎《ち》は淤煩鈎《おぼち》、須々鈎《すすち》、貧鈎《まじち》、宇流鈎《うるち》」（この釣り針は、憂鬱になる釣り針・気がいらいらする釣り針・貧しくなる釣り針・愚かになる釣り針）と言って後ろ手に与えれば兄は必ず貧しくなるだろうと言い添えます。さらに兄が攻めてきたときのために潮の満ち引きを操る二つの玉を授けます。

ホヲリの「ホ」は穀物を意味する「穂」とされるので、母も母方の祖父も山の神であるホヲリは、そもそも穀物と山野に力を持っていたわけですが、加えて、ワタツミの娘との結婚によって、穀物を育てるのに欠かせない水を操る力を手にしたことで、地上の真の統治者としての力を得たことになります。

ここに、初代天皇の神武天皇（ホヲリの孫）が登場する条件が整ったことになります。

権力、武力、霊力、そうしたものを含めて力とすると、力への意志をみんなが持ってうごめき合っている。そのなかで山野と水を支配し穀物を育てる力を手にした者が覇権《はけん》を握っていく。まさにニーチェの言う「力への意志」（我がものとし、支配し、より以上のものとなり、より強いものとなろうとする意欲）です。

弟に屈服したホデリの子孫は「隼人《はやと》」と呼ばれます。九州の土着勢力に対して大和政権がつけた名前です。

彼らが大和政権に服属するのは七世紀の末以降（諸説あり）とされますが、大嘗祭《だいじょうさい》（天皇が即位の礼ののち初めておこなう新嘗祭《にいなめさい》〈収穫祭〉）で「隼人舞《はやとまい》」を演じるように命じられることになります。朝廷への服属の誓いを再確認させるための儀式だったと言われています。

# 13

## 神武天皇、東方へ一大遠征

### なほ東《ひむかし》に行《ゆ》かむと思《おも》ふ

しばらくして、海の神の娘トヨタマビメは夫ホヲリの子を産むため、海の宮からホヲリが治める地上の国へ向かった。禁を破ってホヲリが産室をのぞくと、中で巨大なワニザメがのたうちまわっていた。醜い姿を見られたトヨタマビメは海の宮と地上を行き来するのをあきらめ、海の国へと帰っていった。生まれた子はアマツヒコヒコナギサタケウカヤフキアヘズノミコトと命名された。このタケウカヤフキアヘズの四人の御子の末子がカムヤマトイハレビコノミコト（神武天皇）（以下、イハレビコ）である（140頁の図を参照）。

神倭伊波礼毗古命《カムヤマトイハレビコノミコト》、そのいろ兄《え》五瀬命《イツセノミコト》と二柱《ふたはしら》、高千穂宮《たかちほのみや》に坐《いま》して議《はか》り云《の》りたまはく、「何《いず》れの地《ところ》に坐《いま》さば、天《あめ》の下《した》の政《まつりごと》を平《たい》らけく聞《き》こし看《め》さむ。**なほ東《ひむかし》に行《ゆ》かむと思《おも》ふ**」とのりたまふ。日向《ひむか》より発《た》たして、筑紫《つくし》に幸行《い》でます。

---

イハレビコと母を同じくする兄のイツセノミコトは、高千穂の宮においでになって相談して、「どこの土地を拠りどころとするならば、天下の政治を無事にとりおこなえましょうか。やはり東に行こうと思う」と言った。イハレビコはさっそく日向《ひむか》から出発して筑紫《つくし》の地に行った。

(イハレビコはその後、筑紫国に一年、安芸国《あきのくに》に七年、そして吉備国《きびのくに》に八年おいでになった〈177頁の図を参照〉。イッセは紀国《きのくに》の男之水門《おのみなと》に着いたとき、以前に負った傷が悪化して亡くなった)

故《かれ》神倭伊波礼毗古命《カムヤマトイハレビコノミコト》、其地《そこ》より廻《めぐ》り幸《い》でまして、熊野《くまの》の村《むら》に到《いた》る時《とき》に、大《おお》き熊《くま》、髪《くさ》より出《い》で入《い》るすなはち失《う》せぬ。

尓《しか》して神倭伊波礼毗古命《カムヤマトイハレビコノミコト》倐忽《たちま》ちにをえ為《し》たまひ、また御軍《みいくさ》もみなをえて伏《ふ》しぬ。この時《とき》に熊野《くまの》の高倉下《タカクラジ》、一横刀《たち》を賷《も》ち、天《あま》つ神《かみ》の御子《みこ》の伏《ふ》せる地《ところ》に到《いた》りて献《たてまつ》る時《とき》に、天《あま》つ神《かみ》の御子《みこ》、寤《さ》め起《お》き詔《の》りたまはく、「長寝《ながい》しつるかも」とのりたまふ。

故《かれ》その横刀《たち》を受《う》け取《と》りたまふ時《とき》に、その熊野《くまの》の山《やま》の荒《あら》ぶる神《かみ》自《おの》づからみな切《き》り仆《たお》さえき。

尓《しか》してその惑《まと》ひ伏《ふ》せる御軍《みいくさ》悉《ことごと》く寤《さ》め起《お》きぬ。

イハレビコが紀国の男之水門《おのみなと》をまわって熊野村（一説には和歌山県新宮市《しんぐう》）に着いたとき、荒ぶる神の化身の大きな熊が草かげに見え隠れしていたが、じきに行方をくらました。

すると、それを見たイハレビコは突然、熊の毒気にあたってたちまち正気を失い、また兵士たちもみな正気を失って倒れてしまった。このとき、熊野の人タカクラジが、臥せっている天《あま》つ神の御子イハレビコのもとにやってきて、一振《ひとふ》りの大刀《たち》を献上した。するとイハレビコはたちまち正気にもどって起きあがり、「長いこと眠りこんでしまったことだなあ」と言った。

そして、イハレビコがその大刀を受け取るやいなや、熊野の山の悪《あ》しき霊威《れいい》を振るう神たちは、その霊剣《れいけん》の威力によってひとりでに斬り倒された。まもなく、気を失っていた兵士たちも全員、正気にもどって起きあがった。

故《かれ》天《あま》つ神《かみ》の御子《みこ》、その横刀《たち》を獲《え》し所由《ゆえ》を問《と》ひたまふ。高倉下《タカクラジ》答《こた》へ曰《まお》さく、「己《おの》が夢《いめ》に云《い》はく、天照大神《アマテラスオホミカミ》・高木神《タカキノカミ》二柱《ふたはしら》の神《かみ》の命《みこと》以《も》ち、建御雷神《タケミカヅチノカミ》を召《め》して詔《の》りたまはく、『葦原中国《あしはらのなかつくに》はいたくさやぎてありなり。我《わ》が御子《みこ》等《たち》平《たい》らかにあらず坐《いま》すらし。その葦原中《あしはらのなかつ》国《くに》は、もはら汝《な》が言向《ことむ》けし国《くに》ぞ。故汝《かれなれ》建御雷神《タケミカヅチノカミ》降《くだ》るべし』とのりたまふ。

尓《しか》して答《こた》へ白《まお》さく、『僕《やつかれ》降《くだ》らずとも、もはらその国《くに》を平《ことむ》けし横刀《たち》有《あ》り。是《こ》の刀《たち》を降《くだ》すべし。この刀《たち》を降《くだ》さむ状《さま》は、高倉下《タカクラジ》が倉《くら》の頂《むね》を穿《うか》ち、それより堕《お》とし入《い》れむ』とまをす。（165頁につづく）

天つ神の御子イハレビコが、その霊剣を手に入れたいきさつをタカクラジに尋ねると、こう答えた。「私はこんな夢を見ました。アマテラスオホミカミとタカキノカミが剣神タケミカヅチノカミをお呼びになって、『葦原の中つ国（地上世界）はいまだひどく騒がしいようだ（秩序が乱れているようだ）。地上に降《くだ》ったわが御子たちは悩んでおいでのようだ。葦原の中つ国はおまえが平定した国である。だから、タケミカヅチノカミ、おまえがもう一度降りなさい』と命じました。

これに対してタケミカヅチは、『私が天降らなくとも、すべてその国を平定した大刀がありますので、この大刀を私のかわりに降しましょう。この大刀を地上に降すには、タカクラジの屋敷の倉の棟板《むねいた》に穴をあけて、そこから落とし入れましょう』と申しあげた。（166頁につづく）

『故あさめよく汝取り持ち天つ神の御子に献れ』とのりたまふ。

故夢の教への如く、旦に己が倉を見れば、信に横刀ありき。故是の横刀を以ち献るのみ」とまをす。

是にまた高木大神の命以ち、覚し白さく、「天つ神の御子、これより奥つ方にな入り幸でましそ。荒ぶる神いたく多し。今天より八咫烏を遣はさむ。故その八咫烏引道きてむ。その立たむ後より幸行でますべし」とまをす。

故その教へ覚しのまにまに、その八咫烏の後より幸行でませば、吉野河の河尻に到ります。

そして、タケミカヅチノカミはわたくしタカクラジに向かって、『朝の目覚めの吉《よ》いしるしとして、おまえが大刀を持参して天つ神の御子（イハレビコ）に献上しなさい』と命じました。そこで夢のお告げのとおり、明け方に自分の倉を見ますと、確かに大刀がありました。それゆえこの大刀を献上するしだいです」と申しあげた。

そして、タカキノカミはイハレビコに、「天つ神の御子よ、ここより奥にすぐに入って行かれてはなりません。荒々しい神がとてもたくさんいます。今すぐ天上界からヤタカラスを遣わします。そうすれば、ヤタカラスが道案内をするはずですので、その飛びたつあとについて進みなさい」と申した。

その教えのとおりにヤタカラスの後ろをついて行くと、吉野川の河口に着いた。

各地に進軍し、荒ぶる神を鎮《しず》め、従わない者たちを追い払ったイハレビコは、畝火《うねび》の白檮原《かしはら》（奈良県橿原市の畝傍山《うねびやま》あたり）に宮殿を造り天下を統治することになった。

故《かれ》日向《ひむか》に坐《いま》しし時《とき》に、阿多《あた》の小椅君《おばしのきみ》が妹《いも》、名《な》は阿比良比売《アヒラヒメ》に娶《あ》ひて、生《う》みたまへる子《こ》、多芸志美美命《タギシミミノミコト》、次《つぎ》に岐須美美命《キスミミノミコト》、二《ふた》柱坐《はしらいま》す。然《しか》あれども更《さら》に、大后《おおきさき》と為《せ》む美人《おとめ》を求《ま》ぎたまふ時《とき》に、大久米命《オホクメノミコト》白《まお》さく、「此間《ここ》に媛女《おとめ》有《あ》り。是《こ》れ神《かみ》の御子《みこ》と謂《い》ふ。その神《かみ》の御子《みこ》と謂《い》ふ所以《ゆえ》は、三嶋《みしま》の湟咋《ミゾクヒ》が女《むすめ》、名《な》は勢夜陀多良比売《セヤダタラヒメ》、その容姿《かたち》麗美《うるわ》し。故《かれ》美和《みわ》の大物主神《オホモノヌシノカミ》、見感《みめ》でて、その美人《おとめ》の大便《くそ》為《ま》る時《とき》に、丹塗矢《にぬりや》に化《な》り、その大便為《くそま》る溝《みぞ》より、流《なが》れ下《くだ》り、その美人《おとめ》のほとを突《つ》く。尓《しか》してその美人《おとめ》驚《おどろ》きて、立《た》ち走《はし》りいすすきき。

（169頁につづく）

---

イハレビコがまだ筑紫の日向《ひむか》にいたとき、阿多《あた》の小橋《おばし》（鹿児島県南さつま市）の君《きみ》の妹《いも》アヒラヒメと結婚して、タギシミミとキスミミという二人の御子をもうけた。しかし、即位ののち正式の皇后となる乙女を求めていたところ、お供のオホクメが、「このあたり（三嶋＝大阪府旧三島郡）に一人の乙女がおります。その乙女は神の御子だといいます。そのわけは、三嶋のミゾクヒの娘セヤダタラヒメは容貌がたいへん美しかったため、三輪山のオホモノヌシノカミが見そめました。そしてセヤダタラヒメが大便をしようとしたときに、朱塗《しゅぬ》りの矢に姿を変えて、大便をしようとした溝を流れ下って、セヤダタラヒメの陰部を突いたのです。するとセヤダタラヒメはびっくりして立ちあがり、走りまわってうろたえました。（170頁につづく）

その矢《や》を将《も》ち来《き》、床《とこ》の辺《へ》に置《お》く。忽《たちま》ちに麗《うるわ》しき壮夫《おとこ》に成《な》りぬ。その美人《おとめ》に娶《あ》ひて生《う》める子《こ》、名《な》は富登多多良伊須須岐比売命《ホトタタライススキヒメノミコト》と謂《い》ふ。またの名《な》は比売多多良伊須気余理比売《ヒメタタライスケヨリヒメ》と謂《い》ふ。故是《かれここ》を以《も》ち神《かみ》の御子《みこ》と謂《い》ふ」とまをす。（中略）

故《かれ》その嬢子《おとめ》、白《まお》さく、「仕《つか》へ奉《まつ》らむ」とまをす。是《ここ》にその伊須気余理比売《イスケヨリヒメ》の家《いえ》、狭井河《さいがわ》の上《え》に在《あ》り。天皇《すめらみこと》、その伊須気余理《イスケヨリ》比売《ヒメ》の許《もと》に幸行《い》でまして、一宿御寝《ひとよみね》坐《ま》しき。（中略）

然《しか》してあれ坐《ま》せる御子《みこ》の名《な》は、日子八井命《ヒコヤイノミコト》、次《つぎ》に神八井耳命《カムヤイミミノミコト》、次《つぎ》に神沼河耳命《カムヌナカハミミノミコト》。三柱《みはしら》。

うろたえながもセヤダタタラヒメがその矢を持ってきて、床のかたわらに置くと、たちまち立派な若い男に変身しました。男（オホモノヌシ）がセヤダタタラヒメを娶《めと》って生んだ子の名は、ホトタタライススキヒメノミコト、またの名をヒメタタライスケヨリヒメといいます。このようなしだいで、神の御子だと申すのです」と言った。（中略）

〈ある日のこと、野で遊ぶイスケヨリヒメを目にとめたオホクメが天皇〈イワレビコ＝神武天皇〉に歌で伝えた。天皇は歌を返してイスケヨリヒメを召す意思を示したところ〉イスケヨリヒメは「お仕え申しあげます」と言った。その家は狭井河《さいがわ》（三輪山から流れる川）のほとりにあった。天皇はイスケヨリヒメの家に行って、一晩お泊まりになった。（中略）

そうして生まれた御子の名は、ヒコヤイノミコト、カムヤイミミノミコト、カムヌナカハミミノミコト。三人の御子だった。

神武天皇以降、綏靖《すいぜい》、安寧《あんねい》、懿徳《いとく》、孝昭《こうしょう》、孝安《こうあん》、孝霊《こうれい》、孝元《こうげん》、開化《かいか》と受け継がれた（この八代にわたる天皇は宮や墳墓の場所、妻子の名前が記載されているだけで、事蹟が明らかになっていないため「欠史八代《けっしはちだい》」と言われている）。そして、開化天皇の没後は子の御真木入日子印恵命《ミマキイリヒコイニエノミコト》（崇神《すじん》天皇）が天下を治めた。

この天皇《すめらみこと》の御世《みよ》に、役病《えやみ》多《さわ》に起《お》こり、人民《おおみたから》尽《つ》きなむと為《す》。尓《しか》して天皇《すめらみこと》愁歎《うれ》へたまひて、神牀《かむとこ》に坐《いま》す夜《よ》に、大物主大神《オホモノヌシノオホカミ》、御夢《みいめ》に顕《あらわ》れて曰《の》りたまはく、「是《こ》は我《あ》が御心《みこころ》ぞ。故《かれ》意富多々泥古《オホタタネコ》を以《も》ちて、我《あ》が前《まえ》を祭《まつ》らしめたまはば、神《かみ》の気《け》起《お》こらず、国《くに》も安平《やすら》かにあらむ」とのりたまふ。

是《ここ》を以《も》ち、駅使《はゆまづかい》を四方《よも》に班《あか》ち、意冨多々泥古《オホタタネコ》と謂《い》ふ人《ひと》を求《もと》むる時《とき》に、河内《かわち》の美努村《みののむら》にその人《ひと》を見得《みえ》て、貢進《たてまつ》る。

---

この崇神天皇の御世に、疫病が盛んに流行《はや》って、人民が死に絶えようとした。そこで、天皇は愁い嘆いて、神の託宣《たくせん》を受けるための床にお寝《やす》みになった夜に、オホモノヌシが夢に現れて、「この疫病は私の心がひきおこしたものです。ですから、オホタタネコによって私を祀《まつ》ってくださるなら、祟《たた》りは消え、国も安らかになりましょう」と言った。

そこで早馬《はやうま》の使者を四方に送りだし、オホタタネコを探し求めたところ、河内国《かわちのくに》の美努村《みののむら》というところで見つけることができて、その人を天皇に進上した。

尓《しか》して天皇《すめらみこと》問《と》ひ賜《たま》はく、「汝《な》は誰《た》が子《こ》ぞ」ととひたまふ。答《こた》へて曰《まお》さく、「僕《やつかれ》は大物主大神《オホモノヌシノオホカミ》、陶津耳命《スエツミミノミコト》の女《むすめ》、活玉依毗売《イクタマヨリビメ》に娶《あ》ひて生《う》める子《こ》、名は櫛御方命《クシミカタノミコト》の子《こ》、飯肩巣見命《イヒカタスミノミコト》の子《こ》、建甕遺命《タケミカツノミコト》の子《こ》、僕《やつかれ》意冨多々泥古《オホタタネコ》」と白《まお》す。

是《ここ》に天皇《すめらみこと》いたく歓《よろこ》びて、詔《の》りたまはく、「天《あめ》の下《した》平《たい》らぎ、人民《おおみたから》栄《さか》えなむ」とのりたまひ、意冨多々泥古命《オホタタネコノミコト》を以《も》ち、神主《かむぬし》と為《し》て、御諸山《みもろやま》に、意冨美和之大神《オホミワノオホカミ》の前《まえ》を拝《いつ》き祭《まつ》りたまふ。（中略）

また坂《さか》の御尾《みお》の神《かみ》と河《かわ》の瀬《せ》の神《かみ》に、悉《ことごと》く遺忘《わす》るること無《な》くして幣帛《みてぐら》を奉《まつ》りたまひき。これに因《よ》りて役《え》の気《け》悉《ことごと》く息《や》み、国家《くにいえ》安《やす》らかに平《たい》らかなり。

そこで崇神天皇はオホタタネコに「おまえは誰の子か」とお問いになった。オホタタネコは答えて「私はオホモノヌシノオホカミが、スエツミミノミコトの娘のイクタマヨリビメを娶《めと》って生んだ子の、名はクシミカタノミコトの、またその子のイヒカタスミノミコトの、さらにまたその子のタケミカツノミコトの子が、わたくしオホタタネコでございます」と申した。

これを聞いて天皇はたいそうお喜びになった。「これで天下は平安になり、人民は繁栄するであろう」と仰せられ、オホタタネコを神主《かんぬし》として、御諸山《みもろやま》（奈良県桜井市の三輪山）に、オホミワノオホカミであるオホモノヌシをお祀りになった。（中略）

また、坂の稜線部の神から河の瀬の神（かつてオホアナムヂ〈オホクニヌシ〉が大刀・弓で追い払った兄弟神たち）に至るまで、一柱《ひとはしら》ももれなく供え物を献上した。これによって、疫病がすっかり止み、国はふたたび平安になった。

177頁の図のように、神武《じんむ》天皇の東征は、高千穂《たかちほ》から出発して豊国《とよのくに》、筑紫《つくし》、安芸《あき》、吉備《きび》、紀国《きのくに》に至る一大遠征です。

土地土地を征服して紀国の熊野に至り、悪しき神の毒気に当たって意識を失う。熊野大社のある熊野は古くから死者の霊が集まる聖地とされますが、あわや全滅かと思われたとき、タカクラジが剣を献上すると邪気が払われて救われます。

このあと一行はヤタカラス（サッカー日本代表のエンブレムにもなっている）に導かれて、吉野川の流域の土着の首長たちを服従させていきます。おそらく大陸から来た人々が九州から制圧をはじめて大和に至るという、朝廷成立の過程を表していると考えられます。

オホモノヌシとセヤダタラヒメが結ばれるいきさつが突拍子もありません。ヒメを見そめたオホモノヌシは矢に姿を変えて溝をくだり、用をたしているヒメの陰部に突き刺さると元の姿にもどり二人は結ばれる。飛躍した想像力にあふれる神話世界の楽しさです。

この二人のあいだにヒメタタライスケヨリヒメが生まれ、のちにイハレビコ（神武天皇）と結ばれます。

ヒメの父オホモノヌシは、天孫に国を譲って出雲にこもったオホクニヌシの分身（あるいはオホクニヌシ自身）とされ、オホクニヌシはスサノヲの七代目の子孫なので、イスケヨリヒメとイハレビコの結婚により、スサノヲ以降、高天の原と出雲に分かれていた神の系譜がここに統合されたことになります。

セヤダタラ、ヒメタタラの名にある「タタラ」は、「タタラを踏む」日本古来の製鉄方法を表しており、ヒメたちの出身族が製鉄に関係が深かったことを示唆しています。

そして神武天皇から数えて十代目、崇神《すじん》天皇のとき、国中に疫病が蔓延《まんえん》。天皇はオホタタネコを神主《かんぬし》として、土着の神オホミワノオホカミであるオホモノヌシを三輪山に祀って疫病を治めることに成功します。

土着の神オホモノヌシを祀ることは、大和朝廷が祭祀《さいし》を掌握《しょうあく》し終えたことを示しています。

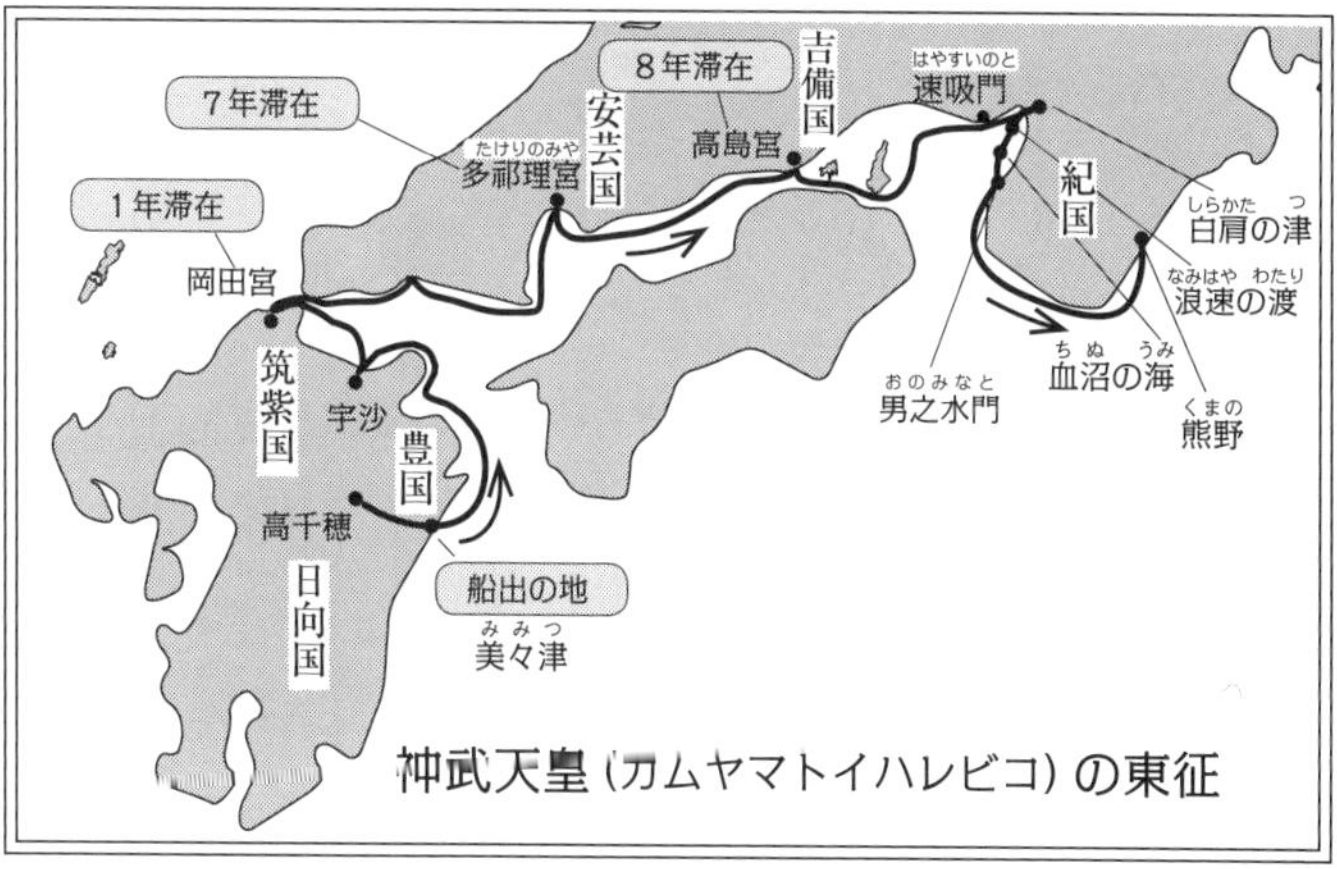

神武天皇（カムヤマトイハレビコ）の東征

「三輪山伝説」というものがあります。

イクタマヨリビメには夜な夜な通う男があって、ついに身ごもる。

両親は、男の正体をつきとめるため、糸巻きの糸を針に通して男の着物の裾《すそ》に刺すように娘に教えた。

翌朝見ると、糸は戸の鍵穴から抜け出ており、その糸をたどって行くと三輪山の神の社《やしろ》にたどりついたことから、おなかの子（オホタタネコ）の父親はここに祀られたオホモノヌシとわかったという。

これが三輪山伝説です。

# 14 垂仁天皇、皇后の裏切りにあう
## 我《あれ》を愛《は》しと思《おも》はば、吾《あ》と汝《いまし》と天《あめ》の下《した》治《し》らさむ

この天皇《すめらみこと》、沙本毗売《サホビメ》を以《も》ち后《きさき》と為《し》たまふ時《とき》に、沙本毗売命《サホビメノミコト》の兄《いろえ》、沙本毗古王《サホビコノミコ》、そのいろ妹《も》を問《と》ひて曰《い》はく、「夫《お》と兄《え》と孰《いず》れか愛《は》しき」といふ。

答《こた》へて曰《いわ》く、「兄《せ》ぞ愛《は》しき」といふ。

尓《しか》して沙本毗古王《サホビコノミコ》、謀《はか》りて曰《いわ》く、「汝《いまし》まことに我《あれ》を愛《は》しと思《おも》はば、吾《あ》と汝《いまし》と天《あめ》の下《した》治《し》らさむ」といひて、八塩折《やしおおり》の紐小刀《ひもかたな》を作《つく》り、

その妹《いろも》に授《さず》けて曰《いわ》く、「この小刀《かたな》を以《も》ち、天皇《すめらみこと》の寝《いね》ませるを刺《さ》し殺《し》せまつれ」といふ。

---

崇神《すじん》天皇の御子、伊久米伊理毘古伊佐知命《イクメイリビコイサチノミコト》（垂仁《すいにん》天皇）がサホビメを皇后にしていたときのこと、サホビコが同母妹《いろも》のサホビメに、「夫（垂仁天皇）と兄の自分と、どちらをいとしく思っているか」と尋ねた。

妹のサホビメは「兄上のほうをいとしく思います」と答えた。

するとサホビコはたくらみごとを妹に打ち明けて、「おまえがほんとうに私をいとしいと思うなら、私とおまえとで天下を治めようではないか」と誘い、いくたびも鍛えてつくった紐《ひも》のついた小刀《かたな》を妹に授け、「この小刀で天皇が寝ているところを刺し殺せ」とそそのかした。

故《かれ》天皇《すめらみこと》、その謀《はかりこと》を知《し》らしめさずて、その后《きさき》の御《み》膝《ひざ》を枕《ま》き、御《み》寝《ね》し坐《ま》しぬ。

尓《しか》してその后《きさき》、紐小刀《ひもかたな》以《も》ち、その天皇《すめらみこと》の御《み》頸《くび》を刺《さ》しまつらむと為《す》。三度《みたび》挙《ふ》りて、哀《かな》しき情《こころ》に忍《あ》へず、頸《みくび》を刺《さ》すこと能《あた》はずて、泣《な》く涙《なみた》、御面《みおも》に落《お》ち溢《あぶ》る。

天皇《すめらみこと》驚《おどろ》き起《お》きたまひ、その后《きさき》を問《と》ひて曰《の》りたまはく、「吾《あれ》異《け》しき夢《いめ》を見《み》つ。沙本《さほ》の方《かた》より、暴雨《はやさめ》零《ふ》り来《き》、急《にわか》に吾《あ》が面《おもて》を沾《ぬ》らしつ。また錦色《にしきいろ》の小《ちい》さき蛇《へみ》、我《あ》が頸《くび》に纏繞《まつわ》りつ。かくの夢《いめ》、是《こ》れ何《なに》の表《しるし》に有《あ》らむ」とのりたまふ。

一方、垂仁天皇はそうした謀叛《むほん》のことなど知るよしもないので、皇后サホビメの膝を枕に心安らかに休んでいた。

このときをとらえて、皇后は紐のついた小刀で天皇の首を刺そうとした。三たび小刀を振り上げたが、悲しい気持ちを抑えかねて刺すことができず、皇后の流す涙が天皇の顔の上にこぼれ落ちた。

この涙に天皇は驚いて目が覚めて起きあがり、皇后に、「私は不思議な夢を見た。沙本《さほ》（佐保《さほ》＝奈良市内）の方から激しい雨が降ってきて、急に私の顔を濡らした。また、錦の模様のある小さな蛇（小刀の紐を暗示）が、私の首にぐるぐる巻きついた。このような夢は、いったい何の前兆であろうか」と仰せになった。

爾《しか》してその后《きさき》、争《あらそ》ふべくあらずと以為《おも》ひ、天皇《すめらみこと》に白《まお》して言《まお》さく、「妾《やっこ》が兄《え》沙本毗古王《サホビコノミコ》、妾《やっこ》を問《と》ひて曰《い》ひしく、『夫《お》と兄《え》と孰《いず》れか愛《は》しき』といひき。是の面《まのあたり》に問《と》ふに勝《あ》へず。故妾《かれやっこ》、答《こた》へて曰《いわ》く、『兄《せ》を愛《は》しきか』といひつ。爾《しか》して妾《やっこ》に誂《あとら》へて曰《いわ》く、『吾《あれ》と汝《いまし》と共《とも》に天《あめ》の下《した》を治《し》らさむ。故天皇《かれすめらみこと》を殺《し》せまつれ』と云《い》ひて、八塩折《やしおおり》の紐小刀《ひもかたな》を作《つく》り、妾《やっこ》に授《さず》けつ。是《ここ》を以《も》ち御頸《みくび》を刺《さ》しまつらむと欲《おも》ひ、三度《みたび》挙《ふ》りしかども、哀《かな》しき情忽《こころたちま》ちに起《お》こり、頸《みくび》をえ刺《さ》しまつらずて、泣《な》く涙《なみた》、御面《みおも》に落《お》ち沾《ぬ》らしつ。かならず是《こ》の表《しるし》に有《あ》らむ」とまをす。

爾《しか》して天皇《すめらみこと》詔《の》りたまはく、「吾《あ》はほとほと欺《あざむ》かえつるかも」とのりたまふ。

この夢の話を聞いた皇后はもはや申し開きできないと覚悟して、「私の兄のサホビコノミコが私に、『夫と兄と、どちらがいとしいか』と尋ねました。面と向かって言われますと気おくれして、『兄上のほうをいとしく思います』と答えました。すると兄は私を誘って、『私とおまえと一緒に天下を治めよう。ならば天皇を殺し申せ』とそそのかし、鍛えあげてつくった紐のついた小刀を私に渡しました。それで、あなたの首を刺そうと三たび振り上げましたが、悲しい気持ちがにわかにおこり刺すことができず、涙が落ちてお顔を濡らしたのです。夢はきっとこの表れでございましょう」と打ち明けた。

暗殺の企《くわだ》てを聞いた天皇は、「あやうくだまされるところだった」と仰せになった。

サホビメは宮殿をこっそり抜けだし、兄が築いた稲城《いなき》（稲わらを積み重ねた、矢を防ぐための砦）へと逃げた。垂仁天皇は大軍で砦を包囲したものの、皇后サホビメが身重《みおも》であることに心を痛め、総攻撃を引き延ばしていた。この間に出産したサホビメは、自分を取りもどそうとする天皇の心を見抜き、御子を抱いて砦の外に差し出した。天皇の精兵《せいへい》は御子を抱きとったが、サホビメの奪還には失敗した。炎に包まれた砦でサホビコは殺され、サホビメも兄のあとを追って自害した。

サホビメが産んだ御子は「炎《ほ》の中で産まれた」ことにちなんでホムチワケと名づけられ、立派に成長したが、大人になっても物を言うことができなかった（サホビメが天皇を裏切った祟《たた》りが子に及んだと考えられた）。ところがあるとき、空を飛ぶ白鳥の鳴く声を聞いて、初めて片言を口にした。そこで天皇はその白鳥を捕らえさせてホムチワケに見せたが、期待したようには口をきいてくれなかった。

是《ここ》に天皇《すめらみこと》患《うれ》へ賜《たま》ひて、御寝《みね》ませる時《とき》に、御《み》夢《いめ》に覚《さと》して曰《いわ》く、「我《あ》が宮《みや》を、天皇《おおきみ》の御舎《みあらか》の如《ごし》く修理《おさ》めたまはば、御子《みこ》かならず真《ま》事《こと》とはむ」といふ。

かく覚《さと》す時《とき》に、ふとまにに占相《うらな》ひて、何《いず》れの神《かみ》の心《こころ》ぞと求《もと》むるに、尓《そ》の祟《たた》りは、出雲《いずも》の大神《おおかみ》の御《み》心《こころ》なりき。

---

天皇が心配して寝ているときに、夢に神のお告げがあり、「私を祀《まつ》っているくだ(荒れ放題になっている)神殿を天皇の宮殿と同じように立派に修繕してくださるならば、御子は必ず口がきけるようになるでしょう」と言った。目覚めた天皇は占いをし、どの神の心によるか求めたところ、ホムチワケにふりかかった祟りは出雲の大神(オホクニヌシ)の御心によるものであることがわかった。

故《かれ》その御子《みこ》を、その大神宮《おおかみのみや》を拝《おろが》ましめに遣《つか》はさむとする時《とき》に、誰人《たれ》を副《そ》へしめば吉《え》けむとうらなふ。尓《しか》して曙立王《アケタツノミコ》卜《うら》に食《あ》へり。故《かれ》曙立王《アケタツノミコ》に科《おお》せて、うけひ白《まお》さしむらく、「この大神《おおかみ》を拝《おろが》むに因《よ》りて、誠《まこと》に験《しるし》有《あ》らば、是《こ》の鷺巣池《さぎすのいけ》の樹《き》に住《す》む鷺《さぎ》や、うけひ落《お》ちよ」と、かく詔《の》りたまふ時《とき》に、うけひしその鷺《さぎ》地《つち》に堕《お》ちて死《し》にき。また詔《の》りたまはく、「うけひ活《い》け」とのりたまふ。尓《しか》うけひしかば更《さら》に活《い》きぬ。(中略)

「大神《おおかみ》を拝《おろが》むに因《よ》りて、大御子《おおみこ》物詔《ものの》りたまひき。故《かれ》参上《まいのぼ》り来《き》つ」とまをす。故《かれ》天皇《すめらみこと》歓喜《よろこ》びたまひ、菟上王《ウナカミノミコ》を返《かえ》して、神宮《かむみや》を造《つく》らしめたまふ。

ならばホムチワケを出雲の大神の宮に参拝させればよい、それには誰を同道させればいいかを占ったところ、アケタツノミコがよいと出た。

そこで、天皇はアケタツノミコに命じて誓約《うけい》をさせ、「この大神を拝むことで、誠に効験《こうげん》あらたかであるというならば、この鷺巣《さぎす》の池の樹に棲《す》む鷺よ、誓約に従って落ちよ」と仰せになると、その鷺は地に落ちて死んだ。ついで、「誓約に従って生きよ」と仰せになると、鷺は生き返った。（中略）

（天皇はアケタツノミコとウナカミノミコを御子ホムチワケに従わせて出雲の大神を参拝させた）。そして出雲からもどったアケタツノミコは「出雲の大神を拝んだことによって、御子は物をおっしゃられました。それでもどってまいりました」と申しあげた。天皇はお喜びになり、ウナカミノミコを出雲に引き返させて、出雲の大神の宮を新たにつくらせた。

夫と兄のどちらをとるかという選択を迫られたサホビメ。兄サホビコとは一緒に育っているから情も深い。その兄からそそのかされて、夫である天皇を殺せと言われて、いざ刺そうとする。けれども、夫への情もあるので刺せない。そこで正直に打ち明けてしまう。

その話を聞いた垂仁《すいにん》天皇は兄を滅ぼし、妻子をとりもどそうとする。サホビメは、子どもは天皇に奪還されてもしかたがないが、天皇を裏切った自分はもどるわけにはいかないと、兄のあとを追って自害します。

天皇が兵士を遣《や》って妻子を奪還しようとするところは迫真の場面です。力持ちの兵士たちが御子を抱きとるが、サホビメをつかまえることはできなかった。もどってきた兵士たちは天皇にこう報告した。**「御髪《みかみ》自《おの》づから落《お》ち、御衣《みけし》易《やす》く破れ、また御手《みて》に纏《ま》ける玉《たま》の緒《お》便《たやす》く絶《た》えぬ。故《かれ》御祖《みおや》を獲《え》ず、御子《みこ》を取《と》り得《え》つ」**

サホビメの髪を握るとぽろりと落ち、その着物をつかむとすぐに破れ、その手をつかむと手に巻きつけていた三連の玉の糸が切れたため、サホビメをとらえることができなかったというわけです。

この物語を読むと、垂仁天皇は天皇とはいえども、おそらく土着の出身の皇后サホビメ（サホは佐保に由来）に刺されて殺される危険性もあったというのは、当時はまだ政権が不安定であったあかしと考えられます。

それにしても、刺そうとして刺せなくて涙が天皇の顔に落ちて目をさまし、天皇が「こんな夢を見た」と語る場面はシェイクスピア劇を思わせます。研究者のなかには、『古事記』における最も物語性の高い記述がこの段である、と評する人もいます。

この話はこれでおしまいかと思いきや、祟《たた》りというかたちでつづいていきます。

サホビメが産んだ子が口をきけなかったのです。このとき、ふたたび夢のお告げで、「私を祀る神殿を天皇の宮殿のように修繕してくださるならば、御子は必ず口がきけるようになるでしょう」と、その祟りは出雲の大神（オホクニヌシ）の御心によるものであることが明らかにされます。

国を譲り受けることには成功したが、譲った側の怒りが収まっていないことを恐れていたことがここに表れています。

何か困ったことがあったときに、それを何かの祟りだというふうに考えるこの当時の風習はその後もずっとつづき、平安時代には陰陽道《おんみょうどう》と結びついて「方違《かたたが》え」の風習が出てきます。

方違えというのは、外出や造作《ぞうさく》、宮中の政《まつりごと》、戦《いくさ》の開始などの際、その方角の吉凶《きっきょう》を占い、その方角が凶と出たら、いったん別の方向に出かけてから目的地をめざして、目的地の方角が悪い方角にならないようにするというものです。

祟りがあるからこう変えようとか、占いでこうしようということで、その信仰が言霊《ことだま》（言葉に宿る霊）信仰と結びついて、日本人の超自然的なものの考え方の基本をなしていきます。

古代の人たちの考え方を知るのに「祟り」と「鎮魂《ちんこん》」は欠かすことができません。

# 15 ヤマトタケル、熊襲を征伐する

## 西《にし》の方《かた》に熊曽建《クマソタケル》二人《ふたり》有《あ》り。その人等《ひとども》を取《と》れ

垂仁《すいにん》天皇の御子大帯日子淤斯呂和気天皇《オホタラシヒコオシロワケノスメラミコト》（景行《けいこう》天皇）は、大根王《オホネノミコ》の娘に美人姉妹がいると聞き、自分の御子大碓命《オホウスノミコト》に命じて二人を召すことにした。ところが、オホウスは姉妹を自分のものにして替え玉を献上した。天皇はこれを察知し、替え玉に手をつけなかった。あるとき天皇はオホウスの弟御子小碓命《ヲウスノミコト》（ヤマトタケル）に、姿を見せない兄オホウスを諭しに行かせたが、現れない。ヲウスに問うと、「明けがた、兄が便所に入ったとき、待ちうけて、ねじり倒して手足をもぎ取り、死骸を薦《こも》に包んで投げ捨てました」と、こともなげに返事した。

是《ここ》に天皇《すめらみこと》、その御子《みこ》の建《たけ》く荒《あら》き情《こころ》を惶《おそ》りて、詔《の》りたまはく、**「西《にし》の方《かた》に熊曽建《クマソタケル》二人《ふたり》有《あ》り。**是《こ》れ伏《まつろ》はず、礼无《いやな》き人等《ひとども》ぞ。故《かれ》その**人等《ひとども》を取《と》れ」**とのりたまひて、遣《つか》はしたまふ。この時《とき》に当《あ》たりて、その御髪《みかみ》を額《ぬか》に結《ゆ》はせり。尓《しか》して小碓命《ヲウスノミコト》、その姨倭比売命《おばヤマトヒメノミコト》の御《み》衣《そ》・御裳《みも》を給《たま》はりて、釼《つるぎ》を御懐《みふつくろ》に納《い》れて幸行《い》でましき。

---

（兄オホウスを殺したことをヲウス〈ヤマトタケル〉から告げられた）天皇は御子ヲウスが猛々《たけだけ》しく荒々しいのを恐れ、「西の方《かた》にクマソタケル（「熊曽の地の勇猛《ゆうもう》な者」の意）という兄弟がいる。二人は朝廷に伏《まつろ》わない（服従しない無礼な）者である。彼らを討ち取ってまいれ」とヲウスに命じ、朝廷から遠ざけようとした。髪を額で束ねた少年のヲウスは、伊勢で斎宮《さいぐう》として仕える叔母ヤマトヒメの衣裳を頂戴して、剣を懐に入れて西征に出発した。

故《かれ》熊曽建《クマソタケル》が家《いえ》に到《いた》りて見《み》たまへば、その家《いえ》の辺《ほとり》に、軍《いくさ》三重《みえ》に団《あつま》り、室《むろ》を作《つく》りて居《お》り。

是《ここ》に御《み》室楽《むろうたげ》為《せ》むと言《い》ひ動《とよ》み、食物《くらいもの》を設《ま》け備《そな》ふ。

故《かれ》その傍《かたわ》らを遊行《ある》きて、その楽《うたげ》の日《ひ》を待《ま》ちたまふ。

尓《しか》してその楽《うたげ》の日《ひ》に臨《のぞ》み、童女《おとめ》の髪《かみ》の如《ごと》く、その結《ゆ》はせる御髪《みかみ》を梳《けず》り垂《た》れ、その姨《おば》の御衣《みそ》・御裳《みも》を服《け》し、既《すで》に童女《おとめ》の姿《すがた》に成《な》りて、女人《おみな》の中《なか》に交《まじ》り立《た》ち、その室《むろ》の内《うち》に入《い》り坐《いま》す。

尓《しか》して熊曽建《クマソタケル》の兄弟《あにおと》二人《ふたり》、その嬢子《おとめ》を見《み》咸《め》で、己《おの》が中《なか》に坐《いま》せて、盛《さか》りに楽《うた》げしつ。

さて、ヲウスがクマソタケルの屋敷に到着して周囲を見ると、護衛の熊曽軍が屋敷を三重に囲んでいた。クマソタケルは屋敷に室《むろ》をつくってそこにいた。

その新築の室の落成祝いの宴を催そうと言い騒いで、ご馳走の準備におおわらわだった。

そこでヲウスは、屋敷のあたりをぶらぶらと歩いて、祝宴の日を待った。いよいよ祝宴の当日、ヲウスは少女のように垂髪《たれがみ》にするため、束ねた髪をくしけずって長く垂らし、叔母の衣裳を着て、すっかり乙女そっくりの姿になって女たちの中にまぎれこみ、クマソタケルの室に入り込んだ。

すると、クマソタケルの兄弟二人は、ヲウスが変装した乙女に一目惚れして、自分たちのあいだに座らせて、手拍子よろしく宴に興じていた。

故《かれ》その酣《たけなわ》なる時《とき》に臨《のぞ》み、懐《ふつくろ》より釼《つるぎ》を出《い》だし、熊曽《クマソ》が衣《ころも》の衿《くび》を取《と》りて、釼《つるぎ》をその胷《むね》より刺《さ》し通《とお》したまふ時《とき》に、その弟建《おとタケル》見畏《みかしこ》み逃《に》げ出《い》づ。その室《むろ》の椅《はし》の本《もと》に追《お》ひ至《いた》り、その背《せ》を取《と》りて釼《つるぎ》を尻《しり》より刺《さ》し通《とお》したまふ。尓《しか》してその熊曽建《クマソタケル》白《まお》して言《まお》さく、「その刀《たち》をな動《うご》かしたまひそ。僕《やつかれ》白《まお》す言《こと》有《あ》り」とまをす。尓《しか》して暫《しま》し許《ゆる》し押《お》し伏《ふ》せつ。是《ここ》に白《まお》して言《まお》さく、「汝命《いましみこと》は誰《たれ》ぞ」とまをす。

尓《しか》して詔《の》りたまはく、「吾《あれ》は纏向《まきむく》の日代宮《ひしろのみや》に坐《いま》して、大八嶋国《おおやしまぐに》知《し》らしめす、大帯日子淤斯呂和気天皇《オホタラシヒコオシロワケノスメラミコト》の御子《みこ》、名《な》は倭男具那王《ヤマトヲグナノミコ》ぞ。おれ熊曽建《クマソタケル》二人《ふたり》、伏《まつろ》はず、礼《いや》無しと聞《き》こし看《め》して、おれを取《と》り殺《ころ》せと詔《の》りたまひて、遣《つか》はせり」とのりたまふ。

---

そして宴もたけなわというとき、ヲウスは懐から剣を取りだし、兄クマソの服の衿《えり》をつかんで胸から刺し通した。弟クマソはそれを見て恐れをなして逃げだした。これを追って室の階下まで追いかけ、背中の皮をつかみ剣を尻から刺し通した。弟クマソは、「どうかその刀《たち》を動かさないでください。死ぬ前に申しあげたいことがあります」と哀願《あいがん》した。ヲウスはしばしこれを許し、押し伏せた。するとクマソは「あなたはいったいどなたか」と尋ねた。

ヲウスは「私は、纏向《まきむく》（奈良県桜井市北部の穴師《あなし》）の日代《ひしろ》の宮で大八嶋国《おおやしまくに》を治めておられるオホタラシヒコオシロワケノスメラミコト（景行天皇《けいこう》）の御子、名はヤマトヲグナノミコである。服従しない無礼者と天皇がお聞きになり、おまえたちを討ち取るために私を遣わした」と答えた。

尓《しか》してその熊曽建《クマソタケル》白《まお》さく、「信《まこと》に然《しか》あらむ。西《にし》の方《かた》に吾二人《われふたり》を除《お》き、建《たけ》く強《つよ》き人無《ひとな》し。然《しか》あれども大倭国《おおやまとのくに》に、吾二人《われふたり》に益《ま》して建《たけ》き男《お》は坐《いま》しけり。是《ここ》を以《も》ち、吾《やつかれ》、御名《みな》を献《たてまつ》らむ。今《いま》より以後《のち》、倭建御子《ヤマトタケルノミコ》と称《たた》ふべし」とまをす。

是《こ》の事《こと》を白《まお》し訖《お》へ、熟苽《ほそじ》の如《ごと》く、振《ふ》り折《さ》きて殺《ころ》したまふ。故《かれ》その時《とき》より御名《みな》を称《たた》へ、倭建命《ヤマトタケルノミコト》と謂《まお》す。

然《しか》して還《かえ》り上《のぼ》ります時《とき》に、山《やま》の神《かみ》、河《かわ》の神《かみ》と穴戸《あなと》の神《かみ》をみな言《こと》向《む》け和《やわ》して参上《まいのぼ》りたまふ。

それを聞いたクマソは、こう言いおいた。「私どもが服従しない無礼者であるとは、まさしくそのとおりでありましょう。西の方面では私ども二人のほかには、勇ましく強い者はおりません。ところが大和の国に、私ども二人にも勝《まさ》って勇ましい男子がいらっしゃったとは。そこで、御名前を献上いたしたく存じます。今からのちはヤマトタケルノミコと名乗られたらよいでしょう」

こう言い終わるやいなや、ヲウスはまるで熟してヘタの落ちた瓜《うり》を切り裂くように、クマソタケルのからだを引き裂いて殺した。こうしたわけで、そのとき以来、名前をほめたたえてヤマトタケルノミコトというのである。

そして都へ帰り上《のぼ》るときに、西方の山の神、河の神、海峡の神をみな平定して、大和の国の都へと上っていった。

その途中、ヤマトタケルは出雲の国に入り、国の造《みやつこ》（豪族の長）の出雲建《イヅモタケル》（「出雲の勇猛な者」の意）を討ち取った。こうして西方征伐を完了し帰還した。帰還したばかりのヤマトタケルに景行天皇はふたたび征討を命じた。今度は東方征伐であった。

その姨倭比売命《おばヤマトヒメノミコト》に白《まお》さく、「天皇《すめらみこと》既《すで》に吾《あれ》の死《し》ぬことを思《おも》ほす所以《ゆえ》か、何《なに》ぞ。西《にし》の方《かた》の悪《あ》しき人等《ひとども》を撃《う》ちに遣《つか》はして、返《かえ》り参上《まいのぼ》り来《こ》し間《あいだ》、いまだ幾《いく》ばくの時《とき》も経《へ》ず、軍衆《いくさびとども》を賜《たま》はず、今更《いまさら》に東《ひむかし》の方《かた》の十二《とおあまりふた》道《みち》の悪《あ》しき人等《ひとども》を平《ことむ》けに遣《つか》はす。これに因《よ》りて思惟《おも》ふになほ吾《あれ》の既《すで》に死《し》ぬことを思《おも》ほし看《め》すぞ」とまをし、患《うれ》へ泣《な》き罷《まか》りたまふ時《とき》に、倭比売命《ヤマトヒメノミコト》、草那芸釼《くさなぎのたち》を賜《たま》ひ、また御嚢《みふくろ》を賜《たま》ひて詔《の》りたまはく、「もし急《にわ》かなる事有《ことあ》らば、茲《こ》の嚢《ふくろ》の口《くち》を解《と》きたまへ」とのりたまふ。

ヤマトタケルは伊勢神宮に参って、斎宮である叔母のヤマトヒメにこう嘆いた。「天皇がもはや私に死ねと思っていらっしゃるわけは何なのでしょうか。西方の荒々しい者どもの征伐に私を遣わして、都に帰ってきてまだいくらもたたないのに、今度は兵士もくださらずに、東方十二か国の荒々しい者どもの平定に私をお遣わしになる。どう考えても、天皇は私に死ねと思っているのです」と泣き嘆き、悲しみにくれながら、叔母のヤマトヒメに別れを告げようとしたとき、ヤマトヒメは草薙の剣を授け、また袋（火打ち袋）も授けて、「もし危急《ききゅう》のことがあれば、この袋の口をほどきなさい」と言って聞かせた。

故《かれ》尾張国《おわりのくに》に到《いた》り、尾張《おわり》の国造《くにのみやつこ》が祖《おや》、美夜受比売《ミヤズヒメ》の家《いえ》に入《い》り坐《ま》す。婚《ま》かむと思《おも》ほししかども、また還《かえ》り上《のぼ》らむ時《とき》に婚《ま》かむと思《おも》ほし、期《ちぎ》り定《さだ》めて、東《ひむかし》の国《くに》に幸《い》でまし、悉《ことごと》く山河《やまかわ》の荒《あら》ぶる神《かみ》と伏《まつろ》はぬ人等《ひとども》を、言向《ことむ》け平和《やわ》したまふ。

故爾《かれしか》して相武国《さがむのくに》に到《いた》ります時《とき》に、その国造《くにのみやつこ》、詐《いつわ》り白《まお》さく、「この野《の》の中《なか》に大《おお》き沼《ぬま》有《あ》り。是《こ》の沼《ぬま》の中《なか》に住《す》める神《かみ》、いたく道速振《ちはやぶ》る神《かみ》なり」とまをす。

是《ここ》にその神《かみ》を看行《みそこな》はしに、その野《の》に入《い》り坐《ま》す。爾《しか》してその国《くにの》造《みやつこ》、火《ひ》をその野《の》に着《つ》く。故欺《かれあざむ》かえぬと知《し》りて、その姨倭比売命《おばヤマトヒメノミコト》の給《たま》へる嚢《ふくろ》の口《くち》を解《と》き開《あ》けて見《み》たまへば、火打《ひうち》その裏《うち》に有《あ》り。

---

こうして尾張《おわり》の国に到着したヤマトタケルは、この国の造《みやつこ》（豪族の長）の祖先であるミヤズヒメの屋敷に入った。ミヤズヒメと結婚しようと思ったが、都にもどるときに結婚しようと思い直し、ヒメと固い約束を交わして東国へ進発していった。ヤマトタケルは山河の荒々しい神と服従しない者どもをことごとく平定していった。

そうして相模《さがみ》の国に入ったとき、その国の造がヤマトタケルに嘘をついて、「この野原の中に大きな沼があります。この沼の中に住む神はひどく強暴な神でございます」と申した。

これを聞いたヤマトタケルは、その神を見ようと野原に入った。すると、国の造が野原に火を放った。だまされたと気づいたヤマトタケルは叔母のヤマトヒメがくださった袋の口を解いて中を見ると、火打ち石があった。

是《ここ》にまづその御刀《みはかし》以《も》ち、草《くさ》を苅《か》り撥《はら》ひ、その火打《ひうち》を以《も》ち火《ひ》を打《う》ち出《い》で、向《む》かひ火《び》を着《つ》けて焼《や》き退《そ》け、還《かえ》り出《い》で、みなその国《くにの》造《みやつこ》等《ども》を切《き》り滅《ほろ》ぼし、火《ひ》を着《つ》け、焼《や》きたまふ。故《かれ》今《いま》に焼遣《やきつ》と謂《い》ふ。其《そこ》より入《い》り幸《い》でまし、走水《はしりみず》の海《うみ》を渡《わた》る時《とき》に、その渡《わたり》の神《かみ》、浪《なみ》を興《おこ》し、船《ふね》を廻《めぐ》らし、え進《すす》み渡《わた》らず。尒《しか》してその后《きさき》、名《な》は弟橘比売命《オトタチバナヒメノミコト》白《まお》さく、「妾《やつこ》、御子《みこ》に易《か》はりて海《うみ》の中《なか》に入《い》らむ。御子《みこ》は遣《つか》はさえし政《まつりごと》遂《と》げ、覆奏《かえりごとまを》すべし」とまをす。海《うみ》に入《い》らむとする時《とき》に、菅畳《すがだたみ》八重《やえ》・皮畳《かわだたみ》八重《やえ》・絁畳《きぬだたみ》八重《やえ》を以《も》ち波《なみ》の上《うえ》に敷《し》きて、その上《うえ》に下《お》り坐《いま》す。

是《ここ》にその暴《あら》き波自《なみおの》づから伏《ふ》し、御船《みふね》え進《すす》みき。

そこで、まず草薙の剣で草を刈り払い、火打ち石で火を打ちだし、向かい火を着けて迫ってくる火勢を退け、野原から脱出してもどり、ことごとく国の造らを斬り殺して、死体に火をつけて焼き払った。これにちなんで、今もその地を焼遺《やきつ》（静岡県焼津《やいづ》市か）という。

そこからさらに東に行き、走水《はしりみず》（浦賀《うらが》水道）の海を渡るとき、その海峡の神が、波を荒立てて船を旋回させるので、船を進められないでいた。するとヤマトタケルの后オトタチバナヒメが「私がかわりに海に入りますので、御子は命じられた任務を成し遂げ、天皇にご報告なさいませ」と言った。后が海に入ろうとするとき、菅《すげ》の敷物を八重に、皮の敷物を八重に、絹の敷物を八重に波の上に敷いて、その上に身を置いた。

すると、荒波がいつのまにかないで、船は楽々と進むことができた。

ヤマトタケルは約束のとおりミヤズヒメと結婚し、いつも腰に帯びていた草薙の剣をヒメのもとに置いたまま伊吹《いぶき》山の神を討ち取りに出かけた。

是《ここ》に詔《の》りたまはく、「茲《こ》の山《やま》の神《かみ》は徒手《むなで》に直《ただ》に取《と》りてむ」とのりたまひて、その山《やま》に騰《のぼ》る時《とき》に白猪《しろい》、山《やま》の辺《へ》に逢《あ》へり。その大《おお》きさ牛《うし》の如《ごと》し。尓《しか》して言挙《ことあ》げ為《し》て詔《の》りたまはく、「是《こ》の白猪《しろい》に化《な》れるは、その神《かみ》の使者《つかい》ぞ。今殺《いまころ》さずとも還《かえ》らむ時《とき》に殺《ころ》さむ」とのりたまひて騰《のぼ》り坐《ま》しぬ。是《ここ》に大氷雨《おおひさめ》を零《ふ》らし、倭建命《ヤマトタケルノミコト》を打《う》ち或《まと》はしつ。〔この白猪《しろい》に化《な》れるは、その神《かみ》の使者《つかい》に非《あら》ず、その神《かみ》の正身《ただみ》に当《あ》たれり。言挙《ことあ》げに因《よ》り、或《まと》はさえつるなり〕。

故《かれ》還《かえ》り下《くだ》り坐《ま》して、玉倉部《たまくらべ》の清泉《しみず》に到《いた》りて、息《いこ》ひ坐《ま》す時《とき》に、御《み》心《こころ》やくやく寤《さ》めたまふ。故《かれ》その清泉《しみず》に号《なづ》けて居寤《いさめ》の清泉《しみず》と謂《い》ふ。(中略)

ヤマトタケルは、「この山の神を素手《すで》ですぐに殺してくれよう」と言って、その山を登りかけたとき、そのほとりで突然、白い猪《いのしし》に出会った。その大きいこと牛のようであった。「この白い猪に姿を変えているのは、伊吹山の神の使いであろう。今殺さずとも山を下りるときに殺してやろう」と言って登っていった。すると、山の神が激しく雹《ひょう》を降らし、ヤマトタケルを前後不覚におちいらせた。〔白い猪に化身したのは山の神の使者でなく、山の神自身であったが、ヤマトタケルが大言を吐いたため惑わされたのである〕。

やがて山を下って玉倉部《たまくらべ》の清水(滋賀県米原市《まいばら》醒井《さめがい》に伝説地あり)に着いて休憩したとき、正気を取りもどした。それでこの清水を居寤《いさめ》の清水という。

其《そ》より幸《い》行でまして、能煩野《のぼの》に到《いた》ります時《とき》に、国《くに》を思《しの》ひて歌《うた》ひ
曰《の》りたまはく、

倭《やまと》は　国《くに》のまほろば
たたなづく　青垣《あおかき》
山隠《やまごも》れる　倭《やまと》し　麗《うるわ》し

---

ひどく疲れたヤマトタケルは能煩野《のぼの》（三重県亀山市にその伝説地あり）に着
いたとき、故郷を思って歌った。
倭《やまと》（大和）は　国々の上に秀《ひい》で立つ国／山々は重なり合い　目にしみる
青い垣をつくっている／この山々に囲まれた　なつかしいふるさと倭《やまと》
ほど　うるわしい国がまたとあろうか

この時《とき》に御病《みやまい》いたく急《にわ》かなり。尓《しか》して御歌《みうた》に曰《の》りたまはく、

嬢子《おとめ》の　床《とこ》の辺《べ》に

我《わ》が置《お》きし　剣《つるき》の大刀《たち》

その大刀《たち》はや

と歌《うた》ひ竟《お》はり、崩《かむあが》りましぬ。

---

病気が急変したヤマトタケルは、それでもなお歌いつづけた。

乙女（ミヤズヒメ）の　床《とこ》のかたわらに／わが置き残した　大刀／

ああ、　その大刀よ

こう詠い終わるとヤマトタケルはたちまち息絶えた。

是《ここ》に倭《やまと》に坐《いま》す后等《きさきたち》と御子等《みこたち》もろもろ下《くだ》り到《いた》りて、御陵《みささき》を作《つく》り、其地《そこ》のなづき田《た》に匍匐《はらば》ひ廻《めぐ》りて哭《な》く。歌《うた》よみ為《し》て曰《いわ》く、

なづきの　田《た》の稲茎《いながら》に

歌①　稲茎《いながら》に　蔓《は》ひもとほろふ

蘚葛《ところずら》

---

ヤマトタケルの訃報をうけて、大和の后と御子たちは能煩野《のぼの》に下ってきて御陵《ごりょう》をつくり、御陵の脇の田を這いまわって哀しみの声をあげて泣いた。

御陵《みはか》をかこむ田の上に　稲の茎が風に吹かれている／その稲の茎に這いからまっている芋《いも》の蔓《つる》のようだ　私たちは

是《ここ》に八尋白智鳥《やひろしろちとり》に化《な》り、天《あめ》に翔《かけ》りて、浜《はま》に向《む》かひ飛《と》び行《い》でます。尓《しか》してその后《きさき》と御子等《みこたち》、その小竹《しの》の苅杙《かりくい》に、足跡《あしき》り破《やぶ》れども、その痛《いた》きを忘《わす》れて、哭《な》き追《お》ふ。この時《とき》に、歌《うた》ひ曰《いわ》く、

歌②

浅小竹原《あさじのはら》　腰《こし》なづむ
虚空《そら》は行《ゆ》かず　足《あし》よ行《ゆ》くな

---

そのときヤマトタケルの霊魂《れいこん》が、大きな白い千鳥《ちどり》（白鳥《しらとり》）となり、天に飛翔《ひしょう》して、浜に向かって飛んでいった。これを見て、后と御子たちは、その篠竹《しのだけ》の切り株に足を切り裂かれても痛みを忘れて、声をあげて泣きながら白鳥を追った。

浅い篠原を行くと　篠竹に腰をとられる／鳥のように空を飛びたい心はあっても　か弱い足で行くもどかしさよ

またその海塩《うしお》に入《い》りて、なづみ行《ゆ》く時《とき》に、歌《うた》ひ曰《いわ》く、

海処《うみが》行《ゆ》けば　腰《こし》なづむ
大河原《おおかわら》の　植草《うえぐさ》
海処《うみが》は　いさよふ

歌③

海へと飛んでいった白鳥を追って海に入った后と御子たちは、海の水に足をとられて、もどかしげに進んだ。

海を行けば　腰まで水にひたされて　歩こうにも歩きづらい
はるばる広い水面《みなも》に生える　水草のように
流れもせずに　波にゆらゆら漂うばかり

また飛《と》びてその礒《いそ》に居《い》たまふ時《とき》に、歌《うた》ひ曰《いわ》く、

歌④

浜《はま》つ千鳥《ちとり》　浜《はま》よは行《ゆ》かず

礒伝《いそづた》ふ

また白鳥が飛びたって磯《いそ》の上に降り立ったときに、后と御子たちは歌って言う。

浜辺の千鳥よ　砂浜づたいに飛んでゆくなら追えもしようが

岩だらけの磯から磯へと伝ってゆくあとを　どうして私たちが追えようか

是《こ》の四《よ》つの歌《うた》は、みなその御葬《みはぶり》に歌《うた》ひき。故今《かれいま》に至《いた》るまで、その歌《うた》は天皇《すめらみこと》の大御葬《おおみはぶり》に歌《うた》ふなり。

故《かれ》その国《くに》より飛《と》び翔《かけ》り行《い》でまし、河内国《かわちのくに》の志幾《しき》に留《とど》まりたまふ。

故《かれ》其地《そこ》に御陵《みささぎ》を作《つく》り、鎮《しず》まり坐《いま》さしむ。その御陵《みささぎ》に号《なづ》けて白鳥御陵《しらとりのみささぎ》と謂《い》ふ。然《しか》れどもまた其地《そこ》より更《さら》に天《あめ》に翔《かけ》りて飛《と》び行《い》でましき。

---

以上の四首の歌（209頁の①～212頁の④）はヤマトタケルノミコトのご葬儀にさいして歌った。これらの歌は今に至るまで天皇の大葬《たいそう》の儀にさいして歌われている。

白鳥はそののち、その国から飛翔して、河内国の志幾《しき》（大阪府柏原《かしわら》市のあたり）に行ってとどまった。

そこで、この地に御陵をつくって鎮座《ちんざ》申しあげた。名づけて「白鳥《しらとり》の御陵《みささぎ》」という。しかし、ふたたび白鳥はその地から天を翔《かけ》て、ついに飛び去ってしまった。

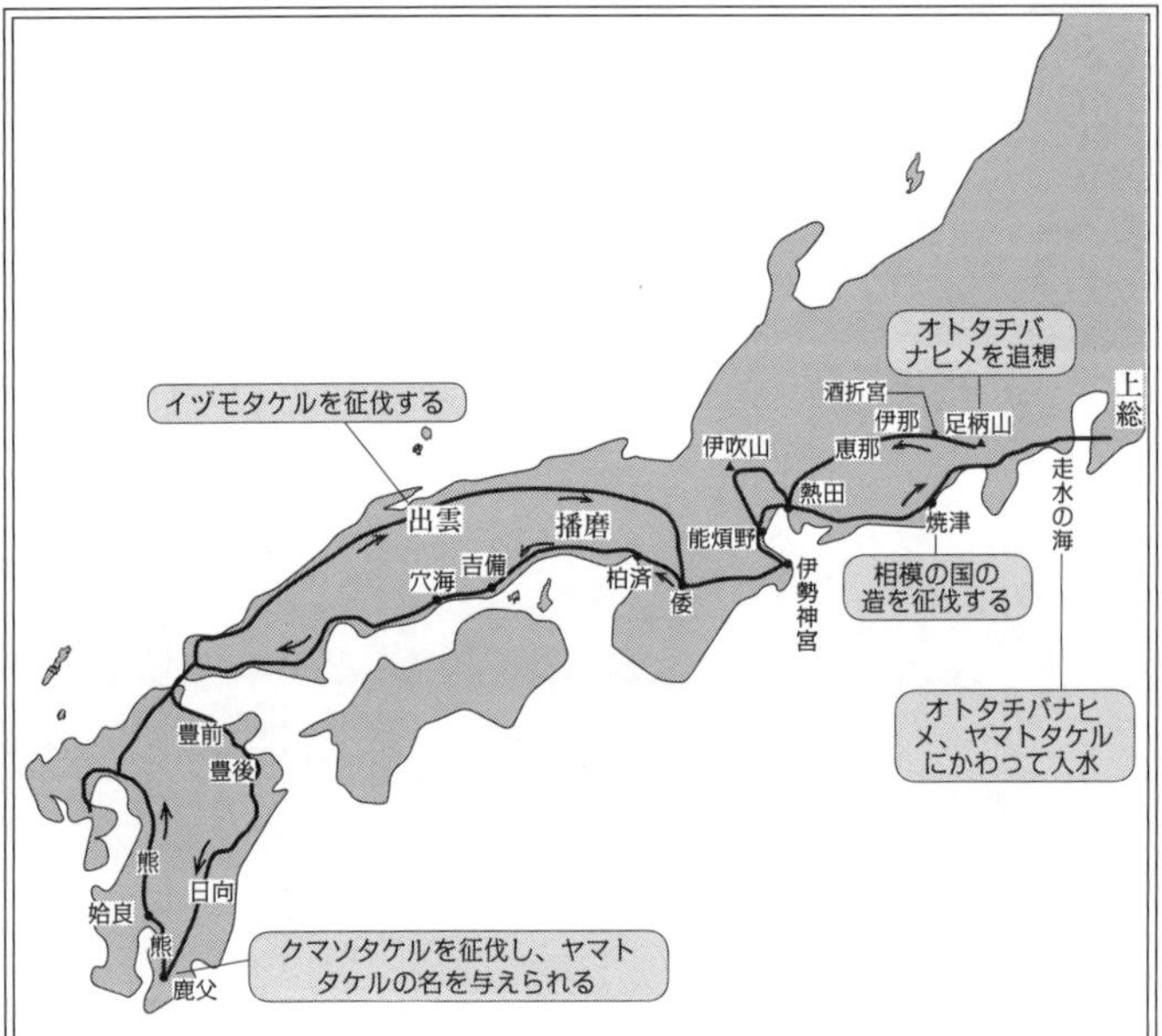
オトタチバナヒメを追想
イヅモタケルを征伐する
酒折宮
伊那
足柄山
上総
伊吹山
恵那
熱田
走水の海
出雲
播磨
能煩野
焼津
吉備
穴海
柏済
倭
伊勢神宮
相模の国の造を征伐する
オトタチバナヒメ、ヤマトタケルにかわって入水
豊前
豊後
熊
日向
姶良
熊
鹿父
クマソタケルを征伐し、ヤマトタケルの名を与えられる

ヤマトタケルの遠征

倭建《ヤマトタケル》や彼に征伐される熊曽建《クマソタケル》・出雲建《イヅモタケル》の「建《タケル》」は勇猛果敢の「猛」という字をあてることがあるように、猛々《たけだけ》しく、力が強いという意味があります(「強い不服従者」の意もあり)。

熊曽(もとは地名)は九州の土着の民で、ここにも猛々しい勇者がいたわけですが、彼らを倒したことで、相手が進んでその名の「建」をヲウスに献上して、ヲウスからヤマトタケルとなります。名前そのものが霊力を持っているという信仰があって、負けた側の名前の力を引き継いだわけです。

また「道速振る神《ちはやぶ》」という表現が出てきますが、この「道」は「血」という字を当てることもあり、「血が荒ぶる(たぎる)」ということで、神というのはけっこう荒々しい存在であることが想像されます。

ところでヤマトタケルは、天皇の子でありながら、暴力性が強いので遠ざけられて、天皇から無理難題を与えられ、西方で熊曽を退治したと思うまもなく、今度は東方征伐におもむきます。それらを一つずつこなしたにもかかわらず、最後には白鳥《しらとり》になって飛んでいってしまう悲劇の主人公です。

ヤマトタケルは実在の天皇であったという説があります。『日本書紀』では「日本武尊」と書いて「ヤマトタケル」と読ませています。「日本」と「武尊」、これほど偉大な字をあてているからには、かなり位の高い人物と想像されます。

ヤマトタケルが危機を脱出する際に、叔母のヤマトヒメから授かった草薙の剣と火打ち袋が助けになります。

女性との結婚で力を与えられたり、女が男に道具を与えることで霊力を授けるというふうに、英雄といえども女性の力を借りないと力を発揮できないという構図になっています。

さらに恋愛の話も随所に出てくるように、のちの武士の世にくらべて、女性の存在感は『古事記』でははるかに大きいことがわかります。

205頁に、白い猪は神の使いだろうから、山を下りるときに殺してやろうと「言挙《ことあ》げ」してしまうが、じつは山の神そのものだった、という場面があります。

言挙げというのは、言葉を投げかけることです。神や天皇にうかつに言挙げすると祟《たた》りがあるというのは、あたかも『もののけ姫』の一場面を見るようです。

ヤマトタケルの最期がその悲劇性をさらに強調しています。

ミヤズヒメのもとに草薙の剣を置いて伊吹山（滋賀県と岐阜県の境）の神を討ちに出かけたヤマトタケルは、神の降らす雹《ひょう》に惑わされ、以後、当芸野《たぎの》、杖衝坂《つえつきざか》と進むにつれて疲れを増し、三重村《みえのむら》に着いたときは足が三重《さんじゅう》に曲がるほどの状態になります。

そして能煩野《のぼの》の地から大和の国をしのんで「**倭《やまと》は　国《くに》のまほろば／たたなづく　青垣《あおかき》／山隠《やまご》もれる　倭《やまと》し　麗《うるわ》し**」の有名な歌がうたわれます。

ここから病状が悪化し、まもなくして世を去ります。死後、ヤマトタケルは大きな白鳥と化して天を飛翔し、残された后や御子たちがそのあとを泣いて追ったという、切ないエンディングを迎えます。

## 16 仁徳天皇、民の炊煙を望見する
# 国《くに》の中《うち》に烟発《けぶりた》たず、国《くに》みな貧窮《まず》し

是《ここ》に天皇《すめらみこと》、高《たか》き山《やま》に登《のぼ》り、四方《よも》の国《くに》を見《み》、詔《の》りたまはく、「国《くに》の中《うち》に烟発《けぶりた》たず、国《くに》みな貧窮《まず》し。故今《かれいま》より三年《みとせ》に至《いた》るまで、悉《ことごと》く人民《おおみたから》の課役《えつき》を除《ゆる》せ」とのりたまふ。是《ここ》を以《も》ち大殿破《おおとのやぶ》壊れ、悉《ことごと》く雨《あめ》漏《も》れども、かつて脩理《つくろ》ひたまふこと勿《な》し。械《はこ》を以《も》ちその漏《も》る雨《あめ》を受《う》け、漏《も》らぬ処《ところ》に遷《うつ》り避《さ》ります。

後《のち》に国《くに》の中《うち》を見《み》たまへば、国《くに》に烟満《けぶりみ》てり。故人民《かれおおみたから》冨《と》めりと為《おも》

ほし、今課役《いまえつき》を科《おお》せたまふ。是《ここ》を以《も》ち、百姓《おおみたから》栄《さか》え役使《えたち》に苦《くる》しびず。故《かれ》その御世《みよ》を称《たた》へ、聖帝《ひじりのみかど》の世《みよ》と謂《い》ふなり。

---

あるとき仁徳《にんとく》天皇（大雀命《オホサザキノミコト》）は高い山に登って国の四方を見渡し、「どこにも炊事の煙が立っていないのは国の民がみな貧しいからであろう。今後三年、民の使役と租税を免除せよ」と命じた。このため宮殿はひどく傷み、あちこち雨漏りがしても修理されず、箱を置いて雨漏りを受け、天皇自身は雨漏りしないところに移るありさまだった。

その三年後、国じゅうを見渡したところ、どこもかしこも炊事の煙が立ちのぼっていた。そこで、民は豊かになりつつあると思われて使役と租税をふたたび命じた。こういうわけで民たちは幸せになり、使役に苦しむこともなくなった。それで、この天皇の御世《みよ》を称えて聖《ひじり》の御世という。

また天皇《すめらみこと》、その弟《おと》速総別王《ハヤブサワケノミコ》を以《も》ち媒《なかひと》と為《し》て、庶妹《ままいも》女鳥王《メドリノミコ》を乞《こ》ひたまひき。尓《しか》して女鳥王《メドリノミコ》、速総別王《ハヤブサワケノミコ》に語《かた》りて曰《いわ》く、「大后《おおきさき》の強《こわ》きに因《よ》り、八田若郎女《ヤタノワカイラツメ》を治《おさ》め賜《たま》はず。故《かれ》仕《つか》へ奉《まつ》らじと思《おも》ふ。吾《あ》は汝《いまし》命《みこと》の妻《め》に為《な》らむ」といふ。相婚《あいま》きつ。是《ここ》を以《も》ち速総別王《ハヤブサワケノミコ》復奏《かえりごとまお》さず。尓《しか》して天皇《すめらみこと》、女鳥王《メドリノミコ》の坐《いま》す所《ところ》に直《ただ》に幸《い》でまして、その殿《との》戸《と》の閾《しきみ》の上《うえ》に坐《いま》す。是《ここ》に女鳥王《メドリノミコ》機《はた》に坐《いま》して、服《みそ》を織《お》る。尓《しか》して天皇《すめらみこと》、歌《うた》ひ曰《の》りたまはく、

女鳥《メドリ》の　我《わ》が大君《おおきみ》の　織《お》ろす機《はた》　誰《た》が料《たね》ろかも

女鳥王《メドリノミコ》、答《こた》へて歌《うた》ひ曰《いわ》く、

## 高《たか》行《ゆ》くや　速総別《ハヤブサワケ》の　御《み》襲料《おすいがね》

また仁徳天皇は弟ハヤブリワケノミコを仲人《なこうど》に立て、異母妹のメドリノミコに結婚を申し込んだ。するとメドリは使いのハヤブサワケに、「皇后イハノヒメ様がとても嫉妬深くて、天皇はヤタノワカイラツメ様を宮中にお入れになることさえできていません。ですから私もお仕え申しあげまいと思います。むしろ私はあなたさまの妻になりとうございます」と返事した。美しいメドリの求愛に、ハヤブサワケは白分の任務を忘れて結婚した。こうなった以上、ハヤブサワケは天皇にメドリの返事を報告しなかった。そこで、天皇はじかにメドリの屋敷を訪れ、その御殿の戸口の敷居の上に座った。そのときメドリはちょうど布を織っているところだった。天皇は歌って呼びかけた。

「女鳥《メドリ》の　親愛なる女王《ひめみこ》が　織っておいでの布は　誰の着物の布であろうか」

メドリが答えて歌う。「空高く飛ぶ　速総別《ハヤブサワケ》の　お上衣《うわぎ》の布」

故《かれ》天皇《すめらみこと》、その情《こころ》を知《し》り、宮《みや》に還《かえ》り入《い》りましき。この時《とき》、その夫《お》速総別王《ハヤブサワケノミコ》到《き》来《た》れり。時《とき》に、その妻《め》女鳥王《メドリノミコ》歌《うた》ひ曰《いわ》く、

雲雀《ひばり》は　天《あめ》に翔《かけ》る／高行《たかゆ》くや　速総別《ハヤブサワケ》／雀取《さざきと》らさね

天皇《すめらみこと》この歌《うた》を聞《き》きたまひ、軍《いくさ》を興《おこ》し、殺《ころ》さむと欲《おも》ほす。尓《しか》して速総別王《ハヤブサワケノミコ》・女鳥王《メドリノミコ》、共《とも》に逃《に》げ退《そ》きて、倉椅山《くらはしやま》に騰《のぼ》る。是《ここ》に速総別王《ハヤブサワケノミコ》歌《うた》ひ曰《いわ》く、

梯立《はした》ての　倉椅山《くらはしやま》を　嶮《さが》しみと／岩《いわ》かきかねて　我《わ》が手取《てと》らすも

また歌《うた》ひ曰《いわ》く、

梯立《はした》ての　倉椅山《くらはしやま》は　嶮《さが》しけど／妹《いも》と登《のぼ》れば　嶮《さが》しくもあらず

故《かれ》其《そ》地《こ》より逃《に》げ亡《う》せ、宇《う》陀《だ》の蘇《そ》迩《に》に到《いた》りし時《とき》に、御《み》軍《いくさ》追《お》ひ到《いた》りて、殺《ころ》す。

天皇はメドリの心のうちを知り、宮中にもどるとハヤブサワケがやってきた。メドリが歌う。「雲雀《ひばり》は　天高く飛び翔《かけ》る／隼《はやぶさ》はもっと高く飛ぶ　その名にふさわしいハヤブサワケノミコよ／雀《さざき》(仁徳天皇)を取ってしまいなさい」

天皇はこれを伝え聞き、軍を動かして二人を殺そうとしたが、ハヤブサワケとメドリは一緒に倉椅山《くらはしやま》(奈良県桜井市倉橋)に逃げた。ハヤブサワケが歌う。「梯子《はしご》を立てたように倉椅山は険《けわ》しくて／妻は岩に取りつきかねて　私の手を握《と》ることよ」

また歌っていう。「梯子を立てたように倉椅山は険しいけれど／妻と一緒に登れば　険しいとも思わない」。倉椅山を越え逃れ、宇《う》陀《だ》の蘇《そ》迩《に》(奈良県宇陀郡曽爾《そに》村)に着いたとき天皇の軍が追いついて二人を殺した。

仁徳天皇《にんとくてんのう》が国じゅうを見まわして、民の竈《かまど》から煙が立っていないことを知り、使役と租税を三年間免除したところ、民の生活が豊かになったという逸話はよく知られています。

思いやりのある政治「仁政《じんせい》」が基本にあることが、仁徳天皇の「仁」という字にも表れています。

仁政というのは、統治者が人格的に完成されていて、その人格と政治とを結びつけるのが「仁」です。思いやりの心、慈しみの心をもって政《まつりごと》をおこなうという中国の儒教思想が色濃く反映している象徴的なエピソードです。

仁といえば『論語』です。二千五百年ほど前に書かれたものですが、その約千年後に編まれた聖徳太子《しょうとくたいし》の「憲法十七条」にある「和を以《もっ》て貴《とうと》しと為す」も、『論語』の冒頭にある「礼は之《これ》和をもって貴しと為す」に拠《よ》っています。千年たってなお影響力を与えているわけです。

こうした統治の仕方の倫理、人徳のある者が為政者でなければならないというのは、おそらく日本という国の骨格にもつながっていて、今の日本国民にも、天皇は誰よりも人格的に優れているという思いがあるのではないでしょうか。私は天皇・皇后両陛下（現今、上皇・上皇后）にお目にかかったとき、本当に優しくて深い配慮のある、『論語』に言う「君子」そのものという思いがしました。

ところで、皇后のイハノヒメは、仁徳天皇とは対照的に気性の激しい妻として登場します。

なにかにつけて嫉妬深く、天皇が召そうとする他の妃《きさき》たちは宮中に入ることさえできず、他の女のことが言葉の端《はし》にのぼるだけで、皇后は足をばたつかせて嫉妬《しっと》した、と書かれています。

天皇がどうにか妃を召しても、皇后の嫉妬深さに恐れをなして国元へ逃げ帰ってしまう始末。仁徳天皇が故郷へ帰る妃をしのんで歌をうたうと、これにも激怒して、船出の場所に人をやって、船から妃を降ろし、徒歩で吉備《きび》の国へ帰らせるというすさまじさです。

仁徳天皇は皇后イハノヒメが紀国《きのくに》に行っている留守にヤタノワカイラツメ

と結婚しますが、これまた激怒した皇后によって泥沼の展開になります。

それでも懲《こ》りない仁徳天皇は今度はメドリノミコに求婚しますが、皇后の嫉妬深さに恐れをなしたメドリは天皇が仲人に立てた弟のハヤブサワケと結婚してしまいます。

天皇は歌をもってメドリの心のうちをはかりますが、メドリが夫ハヤブサワケに「天高く飛翔する隼（ハヤブサワケ）よ、雀（天皇）を取っておしまい」という歌を贈ったと聞いて激怒し、軍を遣わして二人を殺してしまいます。

「聖《ひじり》の帝《みかど》」と言われた仁徳天皇にも荒々しさがあり、女性関係はなかなかに派手なことがわかります。

一方、嫉妬深い妻と思われがちな皇后イハノヒメですが、メドリが殺されたとき、オホタテという家臣がメドリの膚《はだ》にまだぬくもりがあるうちに美しい腕輪を奪って妻に与えたことを察知して、その腕輪を取り返し、オホタテを死罪にしています。こんなふうに情に厚い面もあったのです。

# 17
## カルノヒツギノミコ、道ならぬ恋の果てに心中する
## 我《わ》が泣《な》く妻《つま》を　昨夜《こぞ》こそは　安《やす》く肌触《はだふ》れ

天皇《すめらみこと》崩《かむあが》りましし後《のち》、木梨之軽太子《キナシノカルノヒツギノミコ》を、日継《ひつぎ》知《し》らしめすに定《さだ》め、いまだ位《くらい》に即《つ》きたまはぬ間《あいだ》に、そのいろ妹《も》軽大郎女《カルノオホイラツメ》に奸《たわ》けて、歌《うた》ひ曰《いわ》く、

あしひきの　山田《やまだ》をつくり
山高《やまだか》み　下樋《したび》をわしせ
下娉《したど》ひに　我《わ》が娉《と》ふ妹《いも》を

下泣《したな》きに　我《わ》が泣《な》く妻《つま》を
昨夜《こぞ》こそは　安《やす》く肌触《はだふ》れ（中略）

是《ここ》を以《も》ち百官《もものつかさ》と、天《あめ》の下《した》の人等《ひとども》、軽太子《カルノヒツギノミコ》を背《そむ》きて、穴穂御子《アナホノミコ》に帰《よ》りぬ。

---

允恭《いんぎょう》天皇の崩御によって皇位を継承することになったキナシノカルノヒツギノミコは、皇位につくまでの物忌《ものい》み（不浄を避けて心身を清浄に保つこと）の期間に母を同じくする妹のカルノオホイラツメと密通して歌を詠んだ。

「足がひきつれる　山に田をつくり／山が高いので　地に樋《とい》をくぐらせ水を引く／そのように人目を忍んで通わなければならない女《ひと》なれば　私はひそかに言い寄れり／忍び泣きし　泣く私の妻を／今宵こそは　心ゆ

くまで肌を触れ合っている」（中略）
こうして、多くの官人たち、天下の民たちは、カルノヒツギノミコに背を向けて、弟のアナホノミコ（のち安康《あんこう》天皇）に心を寄せた。

尓《しか》して軽太子《カルノヒツギノミコ》畏《かしこ》みて、大前小前宿祢大臣《オホマヘヲマヘノスクネノオホオミ》が家《いえ》に逃《に》げ入《い》りて、兵器《つわもの》を備《そな》へ作《つく》る。穴穂王子《アナホノミコ》も兵器《つわもの》を作《つく》る。是《ここ》に穴穂御子《アナホノミコ》軍《いくさ》を興《おこ》して、大前小前宿祢《オホマヘヲマヘノスクネ》が家《いえ》を囲《かく》みたまふ。（中略）「我《わ》が天皇《おおきみ》の御子《みこ》、いろ兄《え》の王《みこ》に兵《いくさ》をな及《し》きたまひそ。もし兵《いくさ》を及《し》きたまはば、かならず人咲《ひとわら》はむ。僕《やつかれ》捕《と》らへて貢進《たてまつ》らむ」とまをす。尓《しか》して軍《いくさ》を解《と》き退《そ》き坐《ま》しき。

故《かれ》大前小前宿祢《オホマヘヲマヘノスクネ》、その軽太子《カルノヒツギノミコ》を捕《と》らへ、率《い》参《まい》出《い》でて貢進《たてまつ》る。

この世情にカルノヒツギノミコは恐れをなして、オホマヘヲマヘノスクネの家に逃げ込んで、武器をつくり不穏《ふおん》な情勢に備えた。弟のアナホノミコも負けずに武器をつくった。

ここで軍を起こしたのはアナホノミコで、オホマヘヲマヘノスクネの家を包囲した。（中略）

オホマヘヲマヘノスクネは「わが天皇《おおきみ》となられます御子よ。母を同じくする兄に兵士をお向けなさいますな。もし兵をお向けになると、かならず世の人があなた様のことを笑うでしょう。私が捕《と》らえてお引き渡しいたしましょう」と言った。そこでアナホノミコは包囲を解いた。

こうしてオホマヘヲマヘノスクネはカルノヒツギノミコを拘束し、参上して引き渡した。（こののちカルノヒツギノミコは伊予の温泉に流刑《るけい》になった）。

また歌《うた》ひ曰《いわ》く、

隠《こも》りくの　泊瀬《はつせ》の川《かわ》の
上《かみ》つ瀬《せ》に　斎杙《いくい》を打《う》ち
下《しも》つ瀬《せ》に　真杙《まくい》を打《う》ち
斎杙《いくい》には　鏡《かがみ》を掛《か》け
真杙《まくい》には　真玉《またま》を掛《か》け
真玉《またま》なす　我《あ》が思《も》ふ妹《いも》
鏡《かがみ》なす　我《あ》が思《も》ふ妻《つま》
有《あ》りと　言《い》はばこそよ

家《いえ》にも行《ゆ》かめ　国《くに》をも偲《しの》はめ
此《か》く歌《うた》ひ、共《とも》に自《みずか》ら死《し》にき。

（そしてカルノオホイラツメが、流刑になったカルノヒツギノミコを追って伊予に着いたとき）カルノヒツギノミコが待ちきれずに歌って言う。
山深く籠《こ》もり隠れた泊瀬《はつせ》川（奈良県桜井市初瀬）の／上流には　斎《いわ》い清めた杭《くい》を打ち立て／下流には　真新しい杭を打ち立て／清めの杭には　鏡を掛け／真新しい杭には　玉を掛ける／その立派な美しい玉のように　私が大事に思う妻よ／その澄んで明らかな鏡のように　私が大事に思う妻よ／おまえがそこにいると　言うのならば／家にも帰ろう　故郷も偲《しの》ぼう（妻がいないとならば　私は家に帰ろうとも　故郷を偲ぼうとも思わない）
このように歌って、二人は一緒に心中した。

近松門左衛門《ちかまつもんざえもん》は『曽根崎心中《そねざきしんじゅう》』や『心中天網島《しんじゅうてんのあみじま》』など、いわゆる心中ものを書いて、当時の人びとを涙させました。憂《う》き世のしがらみの中で心中せざるを得なかった男女の思いは非常に純粋で、純愛の究極の形が心中だったゆえに多くの人が涙した。近松門左衛門は江戸時代の人ですが、それよりはるか以前、『古事記』にすでに道ならぬ恋の果てに心中する話が出てきます。允恭《いんぎょう》天皇の跡を継ぐことになっていた皇太子キナシノカルノヒツギノミコは、母を同じくする妹のカルノオホイラツメと密通してしまう。妹と恋をして夫婦になる、これは近親相姦として忌《い》み嫌われるところですが、キナシノカルノヒツギノミコはこの恋を歌にしたために世間に知られてしまう。それがために、官人たちや天下の民に背を向けられ、最後には伊予（道後温泉）で再会をはたすも心中するはめになります。

たがいに好きになってしまったら歯どめがきかないという突っ走る恋の力が『古事記』に描かれているのは面白いところです。やむにやまれぬ気持ちを歌で訴えたわけですが、「恋」と「歌」はそもそも密接な関係にあります。

歌の語源を「うったう（訴える）」とする説もあります。

男女の気持ちを訴え合うのが歌の基本だとすれば、百人一首が恋と季節を歌ったものがほとんどなのも合点《がてん》がいきますし、演歌やポップスのほとんどが恋の歌で、老いも若きもカラオケで恋の歌を熱唱しているのも伝統にのっとったことであるわけです。

「**我《あ》が思《も》ふ妹《いも》**」「**我《あ》が思《も》ふ妻《つま》**」、妹《いも》＝妻ですが、キナシノカルノヒツギノミコとカルノオホイラツメは文字どおり兄と妹《いもうと》です。

いずれにせよ男が女に熱い気持ちを歌にして贈る行為は古代ではふつうにおこなわれていました。それなのに日本の男は女性を口説くのが下手になったと言われるのは、その後、武士《もののふ》の世が長かったことが影響しているからです。

『古事記』には歌を詠《よ》む場面がたびたび出てきます。その大半が恋の歌です。『古事記』にある歌の多くは古代の「歌垣《うたがき》」から生まれたもので、のちに神話に組み込まれたと言われています。

歌垣とは、山の頂《いただき》、野原、水辺、市場《いちば》など決まった場所に、毎年決まった時期に男女が集まり、結婚や恋愛の相手を歌のやりとりによって決めた風習です。大和では「軽《かる》の市《いち》」（軽は奈良県橿原《かしはら》市大軽《おおかる》付近の古い地名）でおこなわれていたそうで、木梨之軽太子（キナシノカルノヒツギノミコ）に通じるものがあります。

民俗学者の柳田國男は『妹《いも》の力』（角川ソフィア文庫）という本で、「祭祀《さいし》・祈禱《きとう》の宗教上の行為は、もと肝要なる部分がことごとく婦人の管轄であった。巫《みこ》はこの民族にあっては原則として女性であった」「優れたる巫女の力により、最も尊くかつ正しい神を、お迎え申すことを得た家は、一門の繁栄と付近住民の信服《しんぷく》が思いのままであり、これに助けられて男子の事業が成功するとともに……」

と述べています。

霊力が備わった女性の力は、家族、とくに家族を世俗的にまとめる兄（男）を守り導き助けたいという思いが強いほど発揮されるのだそうです。

# 18
## 雄略天皇、待ちつづけた老女と再会する
## 徒《いたず》らに盛《さか》りの年《とし》を過《す》ぐししこと、是《こ》れいたく愛《めぐ》く悲《かな》し

また一時天皇《あるときすめらみこと》遊行《い》でまし、美和河《みわかわ》に到《いた》ります時《とき》に、河《かわ》の辺《へ》に衣《きぬ》を洗《あら》ふ童女《おとめ》有《あ》り。その容姿《かたち》いたく麗《うるわ》し。天皇《すめらみこと》その童女《おとめ》を問《と》ひたまはく、「汝《な》は誰《た》が子《こ》ぞ」ととひたまふ。答《こた》へて白《まお》さく、「己《おの》が名《な》は引田部赤猪子《ヒケタベノアカイコ》と謂《い》ふ」とまをす。

爾《しか》して詔《の》らしめたまひしくは、「汝《なれ》、夫《お》に嫁《あ》はずあれ。今喚《いまめ》してむ」とのりたまひて、宮《みや》に還《かえ》り坐《ま》しつ。

---

あるとき、天皇（雄略天皇《ゆうりゃく》）がお出かけになり、美和河《みわがわ》（三輪山のふもとを流れる三輪川）に行きあたったとき、川のほとりで衣を洗う乙女がいた。その姿形がたいそう美しいので、天皇はその乙女に、「おまえは誰の子か」と尋ねた。

乙女が答えるには、「私の名はヒケタベノアカイコと申します」と言った。そこで天皇は、「おまえは結婚せずにおれ。ほどなく宮廷に召し入れようぞ」と仰せつけられて、宮殿へと帰った。

故《かれ》その赤猪子《アカイコ》、天皇《すめらみこと》の命《みこと》を仰《あお》ぎ待《ま》ち、既《すで》に八十歳《やそとせ》を経《へ》ぬ。是《ここ》に赤猪子《アカイコ》以為《おも》へらく、「命《みこと》を望《あお》ぎつる間《あいだ》、已《すで》に多《あまた》の年《とし》を経《へ》ぬ。姿体《かたち》痩《や》せ萎《しな》え、更《さら》に恃《たの》む所無《ところな》し。然《しか》あれども待《ま》ちつる情《こころ》を顕《あらわ》しまつらずは、悒《いぶせ》きに忍《しの》びじ」とおもひて、百取《ももとり》の机代《つくえしろ》の物《もの》を持《も》たしめ、参《まい》出《い》で貢献《たてまつ》る。然《しか》れども天皇《すめらみこと》、既《すで》に先《さき》の命《みこと》おほせる事《こと》を忘《わす》らし、その赤猪子《アカイコ》を問《と》ひて曰《の》りたまはく、「汝《な》は誰《た》が老女《おみな》ぞ。何《なに》の由《ゆえ》にか参来《まいき》つる」とのりたまふ。尓《しか》して赤猪子《アカイコ》答《こた》へて白《まお》さく、「其《それ》の年《とし》其《それ》の月《つき》に、天皇《おおきみ》の命《みこと》を被《かがふ》り、大命《おおみこと》を仰《あお》ぎ待《ま》ち、今日《きょう》に至《いた》るまで八十歳《やそとせ》を経《へ》ぬ。今《いま》は容姿《かたち》既《すで》に耆《お》い、更《さら》に恃《たの》む所無《ところな》し。然《しか》れども、己《おの》が志《こころざし》を顕《あらわ》し白《まお》さむとして、参出《まいい》でつらくのみ」とまをす。

---

アカイコは、天皇のお召しの言葉を頼みに待っているうちに、八十歳を超えてしまった。「天皇の仰せを待ち望んで多くの年が過ぎた。姿形は痩《や》せしぼみ、頼みとする美貌もない。けれども、待ちつづけた私の気持ちを天皇に打ち明けなくては、心の憂《う》さにたえられない」と思い、たくさんの贈り物を従者に持たせて宮廷に参上し、天皇に献上した。ところが、天皇はアカイコに仰せになったことを忘れていて、「おまえはどこの老婆か。どういうわけで参内《さんだい》してきたのか」と仰せになった。アカイコは「ある年のある月に、天皇の仰せを受けたまわり、お召しのお言葉を心頼みに待って八十歳を超えてしまいました。今はみすぼらしく老い、お頼み申しあげることもございませんが、私の一筋の心だけは申しあげたく参内したのでございます」と答えた。

是《ここ》に天皇《すめらみこと》、いたく驚《おどろ》き、「吾《あ》は既《すで》に先《さき》の事《こと》を忘《わす》れぬ。然《しか》れども汝《なれ》志《こころざし》を守《まも》り命《みこと》を待《ま》ち、徒《いたず》らに盛《さか》りの年《とし》を過《す》ぐししこと、是《こ》れいたく愛《めぐ》く悲《かな》し」と、心《こころ》の裏《うち》に婚《ま》かむと欲《おも》ほせども、その亟《はや》く老《お》い、婚《ま》くをえ成《な》さぬことを悼《いた》みたまひて、御歌《みうた》を賜《たま》ふ。その歌《うた》に曰《の》りたまはく、

御諸《みもろ》の　厳白檮《いつかし》がもと／白檮《かし》がもと　ゆゆしきかも／

白檮原嬢子《かしはらおとめ》

また歌《うた》ひ曰《の》りたまはく、

引田《ひけた》の　若栗栖原《わかくるすばら》／若《わか》くへに　率寝《いね》てましもの／

老《お》いにけるかも
尓《しか》して赤猪子《アカイコ》が泣《な》く涙《なみた》、悉《ことごと》くその服《き》たる丹摺《にずり》の袖《そで》を湿《ぬ》らしつ。

---

これを聞いた天皇はひどく驚き、「私は先の日のことを忘れていた。なのにおまえが一心を守りとおし、お召しを待ち、むなしく娘盛りの年を過ごしてしまったことはなんとも憐《あわ》れで悲しい」と、内心では結婚したいと思ったが、アカイコがすっかり老い、結婚は無理なことを哀れんで、御歌《みうた》を与えた。

「神が鎮《しず》まります三輪山の社《やしろ》の　つつしみ祀る樫の木のもと／その木の下の神聖にして手を触れるのもはばかられるのは／樫原《かしはら》の乙女」

また歌って仰せられる。「引田《ひけた》の栗林に　栗の若木が茂っている／その若木のように若かったときに　共寝《ともね》をしておけばよかったものを／こんなに老いてしまっているとは」。この御歌に、アカイコが泣く涙はあふれ、赤く染めた着物の袖をすっかり濡らした。

雄略《ゆうりやく》天皇はその名「雄」に表れているように、英雄的であるばかりか、天皇の地位につくためには手段を選ばなかった武断的な人物とされています。

この本では割愛しましたが、あるとき天皇は倭《やまと》から難波《なにわ》に抜ける途中、高い山の上から見渡すと、「賤《いや》しい身分でありながら、自分の家をわが御殿に似せてつくるとはけしからん」とその家を焼き払おうとする。

驚いたその家の持ち主の大県主《おおあがたぬし》は一頭の白い犬を献上して難を逃れる。すると、天皇はその足でのちに妻となるワカクサカベノミコの家を訪れて、もらったばかりの犬を結納の品として贈ります。

「英雄、色を好む」のとおり、女性関係はなかなかのものでした。

この段でとりあげた話もその一つです。あるとき美和河《みわがわ》（三輪川）へ出かけたとき、川のほとりで洗濯をしている乙女を見そめ、即断即決で「おまえは他の男に嫁いではならない。今にかならず召し寄せるから」と言い残して宮殿へと帰っていきます。

ここからが切ない展開となります。

その乙女は、天皇の言葉を心の頼りに、結婚せずにいつのまにか八十歳を超えてしまった。すっかり老いたその女は、もはや召しかかえられることはないだろうが、せめて、ひたすら待ちつづけた自分の胸の内だけは知っておいてもらいたいと思いたち、献上の品を持って参内《さんだい》する。

ところが天皇は、約束の言葉はおろか、その存在さえもすっかり忘れていた。事実を知らされた天皇は驚いて、もう結婚はかなわないが、せめて歌を贈り、贈り物を授けて下がらせた、という話です。

男にしろ女にしろ、うかつな約束をしてはいけないという教訓にも読めますが、切ないながらも、長い時を経て心が通い合ってよかったなという感慨をおぼえます。

この当時、人を称える歌を贈ることは最高の贈り物の一つでした。まして天皇から「若かったときに共寝《ともね》をしておけばよかったものを」と贈られたわけですから、大きな慰めであったと思います。

学校の同窓会でもよくある話です。何十年ぶりかの再会で、「あのときに好きだと言っておけばよかった」などと言う。小学校、中学校のときの恋する純粋な気持ちが心のどこかに住みついてつづいていくというのは、共感するところがあります。

紙数の関係で『古事記』の名場面をピックアップして読んできましたが、最後にこの話をもってきたのは、『古事記』が神々や天皇たちの覇権争いだけではなく、情緒的なエピソードもたくさん含まれていることを強調したかったからです。

神々や天皇たちの争いの話のなかの一つずつのこまかいエピソードを見ていくと、ふつうの男女の心情や人を思いやる気持ちが含まれていて、それらを抜きだして読むことで、『古事記』のちがった一面を味わうことができるのです。

## 『古事記』は日本人の心の豊かさにつながる

『古事記』は千三百年前にさかのぼる日本最古の歴史書です。その成立の過程が「序文」にしるされています。天武《てんむ》天皇は、帝紀《ていき》（天皇の正史《せいし》）と本辞《ほんじ》（諸氏族の家伝）が真実と異なり、多くの虚偽があるので、今のうちにその誤りを正して後世に伝えたいと『古事記』編纂《へんさん》を思い立ちます。

**「時有舎人姓稗田名阿礼年是廿八為人聡明度目誦口拂耳勒心即勅語阿礼令誦習帝皇日継及先代舊辞」**

読み下し文にすると、**「時《とき》に舎人《とねり》有《あ》り。姓《うじ》は稗田《ひえだ》、名《な》は阿礼《あれ》。年《とし》は是《こ》れ廿八《はたちあまりやつ》。人《ひと》と為《な》り聡《さと》明《さと》くして、目《め》に度《わた》れば口《くち》に誦《よ》み、耳《みみ》に払《ふ》るれば心《こころ》に勒《しる》す。阿礼《あれ》に勅語《みことのり》して、帝皇《すめらみこと》の日継《ひつぎ》と先代《さきつよ》の旧辞《ふるきことば》とを誦《よ》み習《なら》はしめたまふ」**となります。

これを現代語に訳すと、「そのとき一人の舎人（天皇に仕える者）がいた。氏《うじ》は稗田、名は阿礼。年は二十八歳であった。生まれながらに聡明で、目にした文章は暗誦でき、耳に聞こえた言葉は記憶することができた。そこで（天武天皇が）阿礼に仰せられて、帝皇《ていこう》の日継《ひつぎ》（天皇代々の継承）と先代《さきつよ》（諸家代々）の旧辞《ふるごと》（古伝）とを誦《よ》み習わさせられたのであった」となります。

天武天皇の崩御ののち、編纂を引き継いだ元明《げんめい》天皇（女帝）の命により、稗田阿礼によって語られたものが太安萬侶《おおのやすまろ》の手で「時有舎人姓稗田名阿礼……」というように漢字を当てはめてまとめられ、七一二年に献上されています。

その八年後（七二〇年）に完成したのが『日本書紀』です。この書も天皇の系譜をつづった帝紀や旧辞（本辞）を素材にして編まれていますが、『古事記』において特筆すべきは、その物語性の高さにあります。『日本書紀』にも神話が載せられていますが、『古事記』では本筋以外の伝承を省いてあるため、物語性がより高くなり、読みやすくなっています。

『古事記』の上巻は「出雲神話」が三分の一ほどを占めています。そのうち四分の一を占めるのがオホアナムヂ（オホクニヌシ）の物語です。「稲羽の素兎」から「国譲り」まで出雲を舞台としています。ところが、『日本書紀』正伝ではその多くが欠落しています。そのわけは、律令《りつりょう》国家における正史である『日本書紀』が一地方にすぎない出雲の歴史を語る必要がなかったのに対して、『古事記』では、地上を最初に支配したのは出雲の神々であり、出雲は倭《やまと》に対する強大な対立者として存在し、艱難辛苦《かんなんしんく》のすえに出雲を支配して大和王朝が成立したと語るうえで出雲の神話は必要欠くべからざるものであったと考えられています。

天皇家の支配の正統性を物語るだけであれば『日本書紀』で十分だが、朝廷の支配が確立する以前の出雲をはじめとする土着の伝承を包み込んで、それを神の系統に入れ直したというのが『古事記』なわけです。

出雲をはじめ土着の勢力を征服して、もはや支配体制がゆるぎないものとなったからには、土着の勢力にふれることで権威をおとしめたり傷つけたりしないようにも土着の勢力の記述を避けた『日本書紀』に対して、『古事記』はオブラートに包むように描かれてはいますが、ちょっとした記述から出雲をはじめとする土着の勢力のありさまが垣間見えてきます。

さて、『古事記』の面白さの一つに、日本語の力があります。あえて原文（読み下し文）を声に出して読む意味はどこにあるのかといえば、日本語の大本《おおもと》の力にふれて、その力を自分のからだで感じてみようというところです。

『古事記』には、言葉の持つ力を活かした場面があちこちに出てきます。日本には古くから、「口から出た言葉には感情を超えた神聖なものが宿る」という言霊《ことだま》信仰があります。言葉には実際、力があります。たとえば自分の名前が正義とつけられ、マサヨシと呼ばれていれば、おのずと正義を意識するようになります。書かれた文字も非常に力を持つ。音《おん》も力を持つ。その言葉の持つ力が、心を形づくり、影響を与える。東日本大震災のときに、宮沢賢治の言葉が被災した人たちの支えになり、救いになったのも、言葉の持つ力の表れといえます。

日本人の心の在り方、あるいは日本人がどういう存在なのかを知ろうとするときに、日本語というものをさかのぼって原形にふれると、それがわかってくる。それは理屈で説明しきれるものではありませんが、とにかく声に出して読んでみると、その力を感じるのです。

音読してみると、神の名前一つをとっても、その一音一音に意味と力が込められていることがわかってきます。ニニギノミコトやアマテラスオホミカミなどじつに不思議な名前ですが、その言葉の一つ一つの一音一音に意味や力があるところが、日本の言葉の面白さです。

たとえば5頁でもふれた「ち」。漢字より以前に「チ」という音があり、のちに「血」や「乳」などの漢字が当てられたわけですが、「チ」という音がさまざまな意味や力を持つために、同じ「チ」という音でも異なる漢字が当てられたのです。

昔は女の子の名前に「かよ」などの強めの名前が好まれていたのが、今は「まゆ」「もえ」など、ゆるい感じの名前が増えてきています。日本人は明らかに「かきくけこ」の行と「まみむめも」の行によって違う印象を与えられています。ですから、私たちはその一音一音がどういう印象を与えるかということを意識していなくとも、じつは知っているのです。

古代の日本人も言葉の一音一音を大切にして生きていたことが、『古事記』を読むことで見えてきます。ヤマトタケルノミコトと名乗るようになったとき、その名前にはヤマトという言葉のニュアンスとタケルという力強さが含まれているわけで、名前の獲得が非常に重要なことがわかってきます。

人間と自然をつなぐもの、それが言葉であり、その自然から力をもらうものも言葉であり、そして人や自然の猛威を鎮めるのもまた言葉であるわけです。

この本で読み下し文をメインにすえて大活字で扱ったのは、『古事記』に詰まっている日本語の不思議な力をからだで感じていただき、物語性を超えたもっと深いところで「古代の力」を感じとっていただけたら、というのがねらいの一つです。口語訳や翻案された『古事記』がブームになって、物語の筋を知るという意味では十分復活の兆しを見せていますが、案外、読み下し文を声に出して読む機会が少ないのではないかと思います。

『古事記』を読み下し文で読むのはむずかしいと思われがちですが、じつは読んでみると、意外に意味がわかります。『古事記』の意味がわかることは素晴らしいことです。これもひとえに日本語というものの基本が私たちの中に備わっているため、音読しているとわかってくる。古文の知識がなくても、口語訳で意味を理解しながら読みあげていくと、古代の人はこういうふうに物語っていたんだと、肌で感じることができるのです。

それにつけても、もともとの漢文を読み下すのは至難《しなん》の業《わざ》です。18頁でとりあげた序文の冒頭はこんなふうに書かれています。

「**夫混元既凝氣象未效無名無為誰知其形然乾坤初分参神作造化之首**……」

これは江戸時代の人ですらすでに読めなかった。大和《やまと》ことばで言っているのだからわかるだろうと思って書かれたものが、それを表すひらがな、カタカナが発明されていなかったために、表しようがなくて、途中からわからなくなってしまった。ですから、「乾坤」ひとつをとっても「てんち」と読むのか、「あめつち」と読むのか。その読みを考えて読めるようにするまでの努力が、日本人の過去をたどる試みでもありました。その努力の結果、私たちは今、「**夫《そ》れ混元《まろかれたるもの》既《すで》に凝《こ》りて、気象《いきかたち》未《いま》だ効《あらわ》れず、名《な》も無《な》く為《わざ》も無《な》く、誰《たれ》かその形《かたち》を知《し》らむ。然《しか》れども乾坤《あめつち》初《はじ》めて分《わ》かれて参神《みはしらのかみ》造化《あめ》の首《はじめ》と作《な》り**……」と読むことができるわけです。

それに功績があったのが本居宣長《もとおりのりなが》です。宣長は『古事記』の註釈書『古事記伝』

を著すにあたって、本文に記述された伝承はすべて真実であったとの立場から、儒教的な「からごころ」（漢意《かんい》＝中国のもの）ではない、「やまとごころ」を重視するという態度をつらぬいています。その後いろいろな発見・研究がありましたが、宣長が日本人の心のふるさとはここにありということで読みを徹底して研究してくれたおかげで、私たちは今、『古事記』になじむことができるのです。

ついでに言うと、「君（本居宣長）は『古事記』をやりなさい」と言った賀茂真淵《かものまぶち》にも感謝しないといけません。賀茂真淵は『万葉集』を研究して、読み方も相当にわかってきたわけですが、自分はもう余命いくばくもないから『古事記』は君がやりなさいと、「松阪の一夜」で宣長に託したわけです。

一期一会の出会いでしたが、その後も手紙でやりとりしながら、日本人の心のふるさとである『万葉集』と『古事記』の研究を賀茂真淵と本居宣長のコラボレーションで完成させたわけです。

『古事記』を読むことで、日本人の心はこんなにも豊かだったのか、とあらためて実感されることを願います。

【主な参考・引用文献】

読み下し文・現代語訳は『新版　古事記　現代語訳付き』（中村啓信・訳注、角川ソフィア文庫）を中心として、以下の文献を参考にしながら、総合的判断で作成しました。先学の御研究に感謝申しあげます。

『面白いほどよくわかる　古事記』吉田敦彦・監修、島崎晋・著、日本文芸社
『現代語訳　古事記』福永武彦・訳、河出文庫
『口語訳　古事記』神代篇／人代篇、三浦佑之、文春文庫
『古事記』青木和夫他・校注、日本思想大系1、岩波書店
『古事記』角川書店編、ビギナーズ・クラシックス、角川ソフィア文庫
『古事記』倉野憲司・校注、岩波文庫
『古事記　全訳注』上中下、次田真幸、講談社学術文庫
『古事記』西宮一民・校注、新潮日本古典集成、新潮社
『古事記　祝詞』倉野憲司／武田祐吉・校注、日本古典文学大系1、岩波書店
『古事記』三浦佑之、１００分de名著、ＮＨＫ出版
『古事記』山口佳紀／神野志隆光・校注・訳、新編日本古典文学全集1、小学館
『古事記を読みなおす』三浦佑之、ちくま新書
『新訂　古事記　付現代語訳』武田祐吉・訳注、中村啓信・補訂／解説、角川ソフィア文庫
『図解　古事記・日本書紀』多田元・監修、西東社

＊本書は、二〇一四年に当社より刊行した著作を文庫化したものです。

草思社文庫

声に出して読みたい古事記

2023年4月10日　第1刷発行

著　者　齋藤 孝

発行者　碇 高明

発行所　株式会社 草思社

〒160-0022　東京都新宿区新宿 1-10-1
電話　03(4580)7680(編集)
　　　03(4580)7676(営業)
　　　http://www.soshisha.com/

編集協力・本文組版　相内 亨

本文印刷　中央精版印刷 株式会社

付物印刷　中央精版印刷 株式会社

製本所　大口製本印刷 株式会社

本体表紙デザイン　間村俊一



ISBN978-4-7942-2650-1　Printed in Japan

草思社文庫既刊

齋藤 孝

# 声に出して読みたい日本語①〜③

黙読するのではなく覚えて声に出す心地よさ。日本語のもつ豊かさ美しさを身体をもって知ることのできる名文の暗誦テキスト。日本語ブームを起こし、国語教育の現場を変えたミリオンセラー。

齋藤 孝

# 声に出して読みたい旧約聖書〈文語訳〉

「創世記」「アダムとエバ」「ノアの箱舟」「モーセの十戒」など、苦難を乗り越えて生きたユダヤ民族の二千数百年間の興亡の歴史を描いた旧約聖書。その内容、叙述、詩文を格調高い文語訳で味わう本。

齋藤 孝

# 声に出して読みたい新約聖書〈文語訳〉

「人の生くるはパンのみによるにあらず」「求めよ、さらば与えられん」…イエスの言葉は時代を超えて人の心をとらえる。格調高い文語訳でその真髄を味わう。西洋文明の背後にある伝統も理解できる。